半街香

计　虹
Ji Hong
著

黄河出版传媒集团
阳　光　出　版　社

图书在版编目（CIP）数据

半街香 / 计虹著. -- 银川：阳光出版社，2022.9
ISBN 978-7-5525-6475-4

Ⅰ. ①半… Ⅱ. ①计… Ⅲ. ①短篇小说 – 小说集 – 中国 – 当代 Ⅳ. ①I247.7

中国版本图书馆CIP数据核字（2022）第168490号

半街香 计虹 著

责任编辑 丁丽萍
封面题字 徐晓玲
封面设计 张 宁
责任印制 岳建宁

黄河出版传媒集团
阳光出版社 出版发行

出 版 人 薛文斌
地 址 宁夏银川市北京东路139号出版大厦（750001）
网 址 http://www.ygchbs.com
网上书店 http://shop129132959.taobao.com
电子信箱 yangguangchubanshe@163.com
邮购电话 0951-5047283
经 销 全国新华书店
印刷装订 山东新华印务有限公司
印刷委托书号 （宁）0024457

开 本 880 mm × 1230 mm 1/32
印 张 7
字 数 180千字
版 次 2022年9月第1版
印 次 2022年10月第1次印刷
书 号 ISBN 978-7-5525-6475-4
定 价 58.00元

目 录

我们的岸

一

最近一段时间乔安很喜欢叹气，走到哪坐到哪，他都会无来由地长叹一声。那天，局里开大会，局长刚噼里啪啦说了一大堆，全局上下都是大气不敢出地垂头听着，生怕连呼吸重了都是错。就在这节骨眼儿上，乔安发出了一声长长的叹息，原本是个多愁善感的哀叹，这一刻却是刺耳无比，就像小时候架着铁锹刺啦刺啦地在砖地上磨圈圈发出的声响。

全局人的脑袋刷地转向乔安，乔安低着头，依旧在划拉手机，旁边的人戳了戳他，他才抬起头来，目光所去之处正好迎上局长那双火眼金睛，乔安心里纳闷，以为是自己看手机的原因，就把手机放回口袋，正襟危坐起来。

局长算是有些涵养，硬生生地坚持开完了会，大家都替乔安捏了把汗。开完会，就有人拍着乔安的肩膀说，小伙子，了不起啊，你是乔叹啊……从那之后，乔安就有了个别名“乔叹”，不知道的人还以为乔安是个刑警队长呢，乔探长嘛。再看乔安，整天一件立领黑风衣，背略略有些驼，眼睛滴溜溜地转，还真有点电视剧里另类神探的意思。

自从乔安变成乔叹后，乔安对自己的这个问题开始重视起来，为此他还去看了医生，看西医，大夫从头到脚给他检查了个遍，最后定义为：所有器质性器官未见异常，无病变现象。最可笑的是看到肛肠科的时候，大夫让他把痔疮割了看看，气得乔安甩头就走，你大爷的，老子治的是叹气，你让割痔疮，你这不是成心硌硬人嘛。乔安想起了前几天听的相声，说有个人割痔疮了，朋友去看，他不好意思说，就说嘴里起了个泡。看来，相声也来源于生活啊。

后来，乔安的朋友给他推荐了一个老中医，老中医的诊所乔安费了好大劲才找到。诊所的位置是一片城中村，乔安是从基层调到市里的，他熟悉的就是单位那一带的新区，像老中医诊所所在的这个城中村乔安得打出租车才能找到。但是出租车进不到城中村的中心，因为路很窄，只容得下三轮车过。下了出租车，乔安手上拿着朋友画的路线图，步行去找诊所。其实也没必要这么麻烦，老中医在这一带是名人，随便抓个人问都可以找到。在城中村转悠的时候，乔安发现这里可是藏龙卧虎的地方。这个城中村，和其他地方的城中村截然不同，这处地方在城市老城区的交通便利地带，老城区改造到一半时，市里换了一把手，就把老城区改造停了下来，转而投向新区建设。这在我们国家的三四线城市是个顽疾，城市建设从没有如火如荼地长久坚持下去。建设部门通常会把这些老旧城区用崭新的围墙圈起来，从外观看，这个地方的围墙很像故宫的红墙，那金黄的琉璃瓦在阳光下总是洒出高贵的光芒。很多被华丽的围墙圈起来的城中村，里面大多破败而脏乱。老中医所在的这个城中村，给乔安的感觉是乱中有序，曲径通幽。在逼仄的巷道转悠，小巷两边的房子外观陈旧，但是很干净利落，墙面整整妥妥，每个院落的中央基本都有个小花坛，有的养花，有的养时令蔬菜，院中立着一两辆自行车，或男式或女式，还有小孩子的小三轮、滑板。院子的门基本都是开着的，院中的一切静静地闯入乔安的眼睛，像小时候奶奶家的小院。只是唯一缺少的是那些随时可见的活物，比如拴着的牲口、活蹦乱跳的鸡鸭，小狗倒是时不时地晃出一只，可也不是那种看家狗模样，它们个头小小的，见到陌生人也不狂吠，反而摇着尾巴想要讨好对方。这里的房子有很多也是租了出去的，从院子里放的工具可以看出，乔安在这里竟发现了久违的弹棉花的。

在乔安的印象中自己很小的时候见过弹棉花的，那时候他着迷于弹棉花的声音，只要弹棉花的来了，他可以安静地听上一天，就连饭都要端来边听边吃。今天再见到这个场景，乔安没有了小时候的喜欢，他站了一会儿就发现弹出的灰絮集中飞到了他的黑衣服上，一会儿工夫衣服就沾满了灰絮，他皱着眉头无比厌烦地拍着身上的灰毛，弹棉花的大哥冲他喊，用湿毛巾撣撣就好了，兄弟，要来个棉花套子吗？乔安红着脸摆摆手，他为自己一个大男人为点毛絮生气害了羞。这里还集中了很多夜市里卖小吃的摊贩,院子里的小吃车充分证明了这一点。乔安经过的一个院落，一大家子人围在院子里的方桌上，穿着各种吃食签子，都是夜市上用来卖的炸串串，有蘑菇、素鸡、菜卷、牛肉、火腿肠、牛排……一家人只有女主人系了围裙，男的还都光着膀子，一个老者手上挥着一个苍蝇拍子，驱赶着闻着味道赶来的“不速之客”……上小学的时候，乔安肚子疼，大夫说乔安的肚子里长了蛔虫。那时候，乔安和他的同学都吃一种白色的像宝塔山一样的药，药吃了几天后的一个中午，乔安肚子拧着疼，肛门附近感觉有东西往外爬，乔安蹲在墙角解大手，起来的时候吓得乔安裤子没提好就往屋里跑——乔安拉出来两条大白蛆。母亲告诉他，那就是打虫药打下的虫子。到了今天，乔安还是会恐惧这样的虫子。乔安的小侄女也很怕虫子，她怕的是带翅膀的，侄女刚会说话的时候，一个人在客厅玩，突然大喊大叫着，鸟，鸟，大鸟。他们跑到客厅一看，是个蛾子，在侄女的眼里它就是只鸟，恐怖的大鸟。

乔安一路走一路看一路回想往昔，老中医的诊所渐渐地近在咫尺。

老中医的诊所几乎在城中村的腹地，大门上挂了个木头牌子，白底黑字只写着两个遒劲的大字“诊所”，进了院门浓郁的中药味扑鼻而来，好像院落里的每一根木头都散发着药香，乔安想这个诊所应该开了很多年了。屋檐下面整齐地排着一溜黑亮亮的熬中药的锅子，个个儿腾腾腾地冒着热气，朋友曾提过，这个诊所的部分中药是由他们亲自熬制提供给病人的，因为老中医认为，有些药病人不会熬会使药效大减，治疗效果就会不理想，这样一来，既不利于治病，也影响声誉。开始的时候，都是老中医的老伴儿给患者熬药，但是患者太多，老伴儿一度累病了。最后老中医的女儿说：想跟您学医的人这么多，您就留下几个边学习边熬药，既能传承您的衣钵，又能为病人服务。老中医就这么一个女儿，可惜她对学医没兴趣，女儿喜欢金融，大学毕业进了银行工作。老中医估计也是看女儿学医无望，才下决心收了几个学生。

老中医在正房坐诊，乔安去的时候，有一个肥胖的女人正在看病，女人旁边立着一个精瘦的男子，乔安看看两人，琢磨半天也没看出是夫妻还是母子。老中医坐在一个红木的大方桌中央，比那个男子看起来更瘦，黄皮寡瘦的样子，看着让人很不舒服。老中医的胡子头发都很长，不是仙风道骨那种长，有点脏兮兮的、眉毛胡子一把抓的长，他的毛发也和他的人一样清汤寡水。老中医的五官硬棱，眉毛带些剑眉的张扬，乔安想，他不如把这些稀疏寡薄的毛发推平了，倒是和武当张三丰有点儿相似。乔安滴溜了两眼老中医，脑子如四月的柳絮胡乱翻飞，这时老中医松开了给胖女人把脉的手，开口了……原来这二位是来看不孕不育的，老中医讲了很多，大概意思是：女子虽然胖，但是对怀孕并无太大影响。相反，男子倒是问题比较大。简单点说，就是男子的精子几乎都是死精，活着的那不多的精子也是些活动力弱的病种子，所以造成女子受孕困难。胖女人听完老中医的话，立刻转脸冲着瘦男人狠狠地撇下两个字：废物！因为乔安的在场，瘦男人的脸上有些挂不住，原本像苦瓜条一样的窄脸因为气急更泛着绿光，乔安倍觉自己多余，搓着手赶忙从屋子里退出来假装去看熬药。

来老中医这里看病的通常都预约好了时间，不会有病人扎堆的情况。乔安在走廊看了一会儿药罐子呜呜咽咽，胖女人和瘦男人出来了，胖女人趾高气扬，瘦男人耷拉着苦瓜脸跟在后面,乔安觉得这时候的他,两条小细腿走起路来都有点儿打旋旋，乔安同情地看着瘦男人被小大夫带到了另外一间屋子抓药。熬药的护士提醒乔安赶紧进屋看病，乔安才赶忙收起泛滥的同情心，几大步再次跨进诊室。老中医用眼神示意乔安坐下，然后伸出干巴巴黑乎乎的右手给乔安把脉，看着老中医留得很长、都有点微微蜷曲的指甲，乔安觉得自己像小时候和小朋友玩的时候常说的那句：××× 被“鬼爪子”抓住了。这还是一双凉冰冰的泛着苍老色泽的“老鬼爪子”。老中医给乔安把了好久的脉，乔安看着他似睁非睁、似醒非醒的眼睛，一度以为他睡过去了。

终于，老中医松开了手。先是用手边的毛巾擦擦手，边擦边抬眼问乔安：

结婚了没有？

没有。

有女朋友没有？

没有。

工作稳定吗？

稳定。

忙不忙？

大部分时间很忙。

晚上睡眠如何？

还行。

……

老中医没有像其他医院的大夫挂了号就先开一大堆的化验单，等到乔安楼上楼下照这个拍那个，拿着一大堆的化验结果去找大夫，大夫手里抓着一摞子单子，嘴里却问着他最近都在哪看了病，吃了什么药，然后就像有了参考答案一样，依葫芦画瓢地给乔安开了一堆药，说先吃这些药看看，没有效果再想其他办法，至于病因以及具体是什么病，都说得大而化之，似是而非，乔安回家琢磨了大夫的话，全是些套话，乔安想自己大概是得了精神病了，身体并没有任何问题，所以他们是说什么都对也什么都不对。老中医这里，号好了脉，并不做任何检查，乔安带来的一大包在其他医院拍的片子及各种化验单吃的药，老中医也一概不看，他上来就问了乔安一些和病情有关又好像无关的私人话题。乔安这个人话少，惜字如金，老中医问了很多问题，乔安加起来回答的没超过三十个字。老中医笑着说，小伙子也话少。这个“也”字，乔安不知道他说的是自己和谁，或许老中医不看病的时候也和乔安一样，话少。老中医最后给乔安下的定论是：郁结于心。他给乔安开了些镇定安神的药，说，小伙子，心病还须心药医，你这病不是病，想开了就好了。这药吃上有助于你睡眠，不想吃也行。乔安取了药，谢过老中医，回了家。这次看病乔安花了九块八，还不够吃一碗炒刀削面的。而在其他医院，挂号做检查开药，一趟下来每次都得小半千。说出的病名也是五花八门，全不在点子上。乔安听到老中医说的“郁结于心”四个字，就知道这次遇到了明白的医生。老中医的话戳到了乔安心上。

二

生活就是这样，总是给人太多无可奈何的考验，无论我们走多远走多久，都不过是在不停地整理自己这颗狼狈不堪的心。

乔安今年三十五岁，依旧光棍一个。乔安的条件还是不错的，体面的公务员。因为母亲是财务高手，他从小的生活环境和物质条件很是优渥。他的模样个头也算中上水准。乔安只有一个哥哥，在市里一个要害部门任一把手，也是个仕途一片光明的人。

有时候，乔安想，如果自己一直待在基层，不要到局里，或许现在也已经像其他同学一样为人夫为人父了。但是任你怎么强又怎么能拗过命运的安排呢？

在基层，乔安是个小会计。乔安从小学习一般，只上了个本地的财校，一所中专学校。乔安不像哥哥，他性子内向，一整天都可以不说一句话，就在一个地方安静地待着，常常让身边的人忘了他的存在。乔安母亲是财务能手，在全市都是一把刷子。当她无论是在单位还是家里加班加点做报表做计划的时候，只有乔安安静地陪着她，有一次，她有一个报表怎么都核不平，气得她把最喜欢的一把算盘都摔裂了，乔安的父亲捡起算盘，说，喝点水，当会计可急不得。母亲气得直哼哼。这时坐在旁边一直陪着母亲的刚上中学的乔安，指着一个数字对母亲说，妈，这个你好像记错了。母亲怒火正在浪尖，呵斥他，你懂个屁。乔安并不生气，手指落在那个数字上不离开，母亲瞪着眼，像只气鼓鼓的青蛙，但她看乔安执拗的手不离开那个数字，她不得已用气得几近扭曲的手指核对了乔安指的那组数字。真是事实胜于雄辩，乔安的一句话替母亲解决了问题。原来，这组数字的最后面是个“.5”，但那个“5”记账员写得实在太像“0”，乔安的母亲反反复复核算都是按“0”计数，就为这五毛钱，她整整耗费了一个小时。财务工作就是这样，有时候为了找平一分钱都有可能让几十号人熬几个通宵。这也充分说明坐在母亲旁边的乔安，并不是傻傻地坐着，而是一直在默默地帮母亲把关，他既要看母亲打在算盘上的数字，又要盯账本上的数字，这可是很不容易做到的，就连很多老会计也未必有这个功底。当然，也不排除乔安在那一刻灵光一闪，眼睛才捕捉到了那看错的五毛钱。但是从那天起，母亲开始有意无意地给乔安讲一些财务方面的知识，让母亲惊喜和意外的是，乔安虽然话少，可是财务知识他一听就通，一点就明。后来寒暑假的时候，乔安已经能帮母亲做一些财务报表，母亲加班的时候，乔安成了母亲最好的帮手。因此，虽说乔安考上的本地财校只是一所普通的中专院校，可是对于乔安来说却是人尽其才。在学校，乔安的功课一直是中上，他的成绩并不拔尖，可是让他在学校名气很大的是因为他很会考证。会计和其他专业不一样，光有学业证书不行，还得有会计专业的上岗证。乔安毕业的时候，不仅考取了会计证，还参加了注册会计师职业资格考试，乔安一举过了三门，另外一门也只差了两分，如果乔安运气好一点，他在中专毕业时就能考取注册会计师证，当时，这在学校里是轰动一时的事件。很多做了一辈子财务工作的人，都未必能考过一门。乔安却考出了这么优异的成绩，因此学校授予了乔安优秀毕业生称号，并保送他到高等院校读大专。大专两年乔安顺利毕业，也理所当然地通过了那门没过的考试，拿到了注册会计师证。有了注册会计师证，乔安毕业后就想去会计师事务所工作，可是母亲和哥哥都坚决不同意，当时的会计师事务所是新兴行业，在他们眼里事务所是私企，极不稳定。母亲还打听到事务所里像乔安这样刚被录用的小会计都只是做一些基础工作，天天要熬夜加班，没有节假日，连轴干几个通宵更是家常便饭。母亲心疼乔安，说乔安从小体质就弱，去事务所工作身体垮了怎么办。于是，母亲和哥哥出面，乔安虽然文凭低一点，可是凭借强硬的业务能力，他被分配到了基层事业单位当出纳。这个单位的会计还有半年就该退休了，乔安做出纳过渡一下，会计一退他就接班。

三

乔安接了会计的班不久，市里要组建会计核算中心，这也是因为向全国的省会城市学习。这个中心成立后，全市行政事业单位的财务账目都要集中到这里审批，审批合格后放款，各单位才能开展工作。组建该中心是反腐败工作的需要，防止单位各自为政，自己在账上做文章，杜绝单位“一支笔”现象。在组建过程中，也有人提出，要是核算中心的人自己腐败呢？他们和报账单位勾结贪污腐败呢？这些问题在其他城市不是没有出现过，但是经过专家一轮又一轮的讨论，以及去其他城市多番考察，专家团的结论是组建的好处远远大于未知的风险。于是市里领导大笔一挥：同意。成立市会计核算中心的事就迅速地开展起来，中心负责人由财政局任命，柜台工作人员，局里又专门下了录用文件，具体规定是：柜面工作人员由两部分组成，一部分从基层选拔骨干财务人员，一部分面向社会公开招聘会计精英。可以说，第一批进中心的工作人员大部分都是财务方面的精兵强将，你想想，全市行政事业单位账目都要在这里审批发放，这可小视不得。乔安的业务能力是不错，但是他刚刚入职，资历浅，按常规讲，他不在选拔之列。但是乔安有一个好哥哥，他的哥哥和财政局的一把手经常开会碰面，市里研究成立中心的时候，他哥哥也列席，会议间隙，他哥哥给局长大概讲了一下乔安的情况，局长说，这次选拔我们就是要打破论资排辈，一定要选拔优秀人才，特别是像令弟这样的年轻人才。乔安就这样从基层一步到了局里。那个才退休几天的会计，见了乔安酸溜溜地说，小乔好福气啊，我等了一辈子都没等到的好事，你才来几天就轮到了，小伙子以后前途无量啊……乔安知道老会计话里有话，但是乔安天性话少，他除了是个好会计，拿手的本领还有一样就是遇见多复杂多难缠的事一律不吭声，任对方怎么东风吹战鼓擂，乔安就是一副姜太公钓鱼的死样子，两眼一翻甩手做自己的事去。

老会计的爱人一直在市里工作，老会计从结婚起就开始了两头跑的日子。从单位到老会计的家公交车得一个小时，单位没有通勤车，私家车在那时更是凤毛麟角。本来基层单位对考勤一般是睁一只眼闭一只眼，只要不耽误事，迟到早退没人会计较。可是当时单位一把手来了个部队转业干部，从部队到地方，一把手的角色转变没那么快，第一天上任，等了多半天，人来得稀稀拉拉，就没开成大会。第二天特别发了通知才凑齐了大部分人员开了一次大会，有的人还是以各种理由请假没有到会。一把手心里就窝着一把火了，这把火很自然地轰轰烈烈烧到了考勤这一块，一把手对考勤要求严格得就像在部队的时候一样，分秒不能差。老会计想找办公室主任通融一下，没想到主任被一把手一通训斥，回来后黑着脸又训了老会计一顿。老会计有苦难言，只能起早贪黑地两头跑。那真真是披星戴月，大街上除了环卫工很少看见其他人，刚开始的几年她还年轻，精力充沛，后来有了孩子，她也渐渐上了年纪，精力明显不如从前了，至于考勤，领导批评也好给脸色也好，她实在是疲于奔命，就这样也难以保证按时按点到，到最后，她索性一副老油条的爱咋咋地的模样在单位游走。她和领导的这种消极对抗模式以领导的升迁调离告终。

这期间她和家里人一直不停地折腾调动的事，可是她的运气实在是背到了南极。最接近成功的一次是接收单位的章盖好了，单位的章也盖好了，就等拿到人事局盖一个最普通的转档案的章时，人事局连夜下了新通知，因人事机构改革，所有人事一概冻结，只差几个小时她就可以盖好章回到市里，可是老天爷就是要捉弄她这个瞎家雀，等到机构改革完成人事开放时，她本来要去的那个单位在机构改革中被合并，会计岗位直接被内部消化，她拿着的盖好章的两张调函也成了两张废纸。从那之后，直到她退休，在调动这件事上一直都是徒劳无果。后来，她也就认命了，反正年纪也大了，成了真正的老油条。单位后来有了通勤车，孩子也长大了，两头跑的日子也就没那么难熬了。在这个基层单位干会计，一干就是近三十年，没功劳也有苦劳。后来的她其实也不图市里离家近，就是为了市里比基层的福利多一些，对于工薪阶层而言，多发一桶油都是好的。可是，乔安才接她的班两天半就一下子提到了市里，她心里实打实地打翻了调味铺。她在超市买东西碰到了老同事，老同事告诉了她这件事。在同事面前，她很有涵养地微笑表示祝贺。可当她回到家里，就躲到卧室号啕大哭了一场，任家里人怎么问，她就是个干号，搞得家里人以为她在外面撞了邪，发癔症。在这个时刻，她就想号、号、号，她要把憋了一辈子的委屈伤心不甘心劳累都号出去，谁能体会她斯时斯刻内心深处的悲凉呢？她从一个小姑娘进单位，熬成了一个老太婆离开单位，起早贪黑地赶公交，让她的各处关节都比同龄人差，遇个阴天刮风下雨下雪，她比天气预报还灵，提前一天就感觉浑身的骨头扎心般碎碎的疼，这种疼说不出道不明，整个人的神经紧绷绷的，仿佛那挂在墙角的蛛网，看似密密实实，其实外力轻轻一弹就分崩离析。她就想号一号自己的命，号一号自己的苦。小乔这个青年她还是打心眼儿里佩服的，业务能力确实好，进单位当出纳没多久就把会计的活儿干得干净漂亮的，那账面做得让她这个几十年的老会计都只有羡慕的份。像这样的人才到市里也是应该的，号到最后没声没息的时刻，她决定小乔到市里工作之后，她要请他来家里吃顿饭，祝贺他的升迁。

四

因为是新组建的单位，会计这个行当本来就女多男少，他们这个新单位三十多个人，除了中心一把手乔主任是男的，底下做业务的加乔安一共三个男的，对了，给主任开车的小王也是个男的。每次市里搞大型活动，市级单位全体人员在广场列队集合，他们单位往那一站，其他单位都笑称他们几个是核算中心的“五朵金花”。

新的单位，新的面孔，一切都生机勃勃。乔安表面上不喜形于色，但他的心里是快乐的，他原本觉得自己不如哥哥，是靠哥哥的关系接了老会计的班。现在他不这样想了，到了市里，他就想在这个广阔天地凭借自己的本事做一番事业，不用再活在哥哥的光环里。

核算中心是以一个柜组一个柜组为单位的，就像其他单位以科室为单位构成一样。每个柜组分别负责好几个市级单位的账日审核划拨。通常一个柜组三个人，一个组长，一个初审，一个复审。整个核算中心就他们“五朵金花”，乔安的柜组很自然地另外两人都是女同志，她们和他一样都来自基层单位，姚天丽姚姐年纪最长，是他们柜组的组长，业务却是最稀松平常的，后来听说她老公是某局的副局长。另一个苏芳，芳芳姐，比他大，比姚姐小，业务能力还不错。姚姐的身形和她的年龄相当，一个中年发福的妇女形象，发型也是机关大姐的官方发型。乔安比较受不了的是姚姐的穿衣，她本来就体态丰腴，可是每次买的衣服偏偏有意小一码，身上的肉就一万个委屈地在窄小的衣服内挣扎，等待时机爆破而出。出乎意料的是，量身定做的工装，姚姐也穿成了紧身衣，灰色的掐腰小西服的胸部位置的扣子好像两个强扭在一起的瓜一样费劲地扣在一起。姚姐是组长，坐在两张桌子合并的位置，乔安和芳姐面对面坐着。每天乔安给姚姐递发票凭证让她最后审核，每次迎接乔安目光的都是姚姐胸前那两坨呼之欲出的肉，乔安进核算中心之前没谈过恋爱，和女生接触都很少。姚姐每天这么一身肉欲横流地刺激他，他刚开始羞得眼睛没处放，脸通红通红的。姚姐是个大喇子人，乔安对面的芳姐看他的样子就偷偷地笑，私下里打趣他要给他介绍女朋友。

坐在乔安对面的芳姐和姚姐走的路线两极分化。芳姐就像她的名字，是带着香味的好看。她比姚姐小一岁，身材保持得很好，高挑且凹凸有致，衣服穿在她身上就像找到了模特，连普通的工装都让她穿出了前些天热播剧《我的前半生》里袁泉演的职场精英的感觉。上班一段时间后，乔安隐隐感觉姚姐有点看不上芳姐，在账目上，有时候乔安觉得姚姐有点为难芳姐。

他想这可能是人本性里的嫉妒心作祟，很明显，这段时间，芳姐成了中心的代言人。中心有什么需要外出露脸的，办公室一般都会派芳姐去，这也是代表一个单位的形象嘛。姚姐对乔安倒是比较客气,乔安想她一定是听她丈夫说了自己的哥哥是谁。初来乍到，乔安虽然心里向着芳姐，可他也不会表现出来，他只是默默地把账目做得滴水不漏，这样姚姐想鸡蛋里挑骨头也难，在业务方面，乔安对自己信心满满。私下里，乔安就和芳姐走得近一些。至少，每天中午他都会和芳姐一起去食堂吃饭。而姚姐每天中午都会早走一会儿,赶回家给上中学的孩子做饭，像姚姐这样不按时按点上下班的人不多，底下人都悄悄议论姚姐还不是全靠她丈夫撑腰。

一次吃饭的时候，乔安看见姚姐从食堂打了饭往回赶，原来那天姚姐被抽调下乡，回来的时候已经到了饭点，姚姐的孩子下午还要考试，为了吃得卫生，她就勉强从食堂打饭回去，经过乔安和芳姐的时候，姚姐还冲他们抱怨食堂的菜太寡淡，孩子吃了没营养。乔安看她眼里全是孩子，就随口问了芳姐一句，您孩子中午怎么吃饭？芳姐看着乔安，脸色有点暗，两道弯弯的笑眉也皱了起来，轻轻地说，我没孩子。乔安的嘴里刚好塞了一团饭，他不好意思地噎在了那里，这口饭是咽也不是吐也不行，芳姐看他的囧样子赶紧给他递了汤，乔安一口汤灌下去才不至于失态。这顿饭乔安吃得心绪不宁。饭后，他们本来要回中心的宿舍午休。芳姐走到半路上，对乔安说，我们去外面的小花园转一圈吧，今天吃得有点撑。乔安知道芳姐并没有吃多少，她是有话想说。

五

核算中心在市委大院里，市委大院的正北面是另一个单位的办公大楼，两个大院中间隔了一条马路和一个长三百米的花园。

因为办公大楼周边没有居民楼，这个花园通常只有白天能见到人，尤其是中午，有很多在单位吃完饭出来消食的。在食堂吃饱喝足，再到这里遛几圈，然后回去午休，大楼的工作人员很多人都讲究养生。可是即便如此，这座大楼也时不时有猝死的事情发生。乔安想，熬夜喝酒是罪魁祸首。这个大楼里有很多的工作狂，他们常常加班到半夜三更，有的工作性质应酬多，喝酒是常事，乔安在电梯里总是能碰到一个接待办的同志，每天早晨他都是一身酒气，倒不是他大早上起来就喝酒，而是头一天的豪饮到早晨也没散去。后来，中央出台了八项规定，真是救了很多人的命，当然这是后话。

乔安和芳姐溜达着到了小花园。这个季节正是花园最美的季节，里面种植的树种、培植的鲜花都是从外地引进的品种，乔安记得有个园林局来报账的会计说，这个小花园的布置讲究的是春夏看花，秋冬看色。意思就是到了开花季节，这里必定是花团锦簇；到了风劲天寒，西北地区到处都是光秃秃一片的时候，这里可还得是五颜六色的，看起来和花期时一样，因为这里的树木本身就带着各种颜色，俗气点说，这个时候就像一道彩虹洒落到了人间。

乔安和美丽的芳姐走在这如梦如诗的花丛里，乔安的心开始躁动不安，眼神也有点恍惚，他感觉自己要恋爱了，或者在谈恋爱了。芳姐的侧颜洒满和煦的阳光，每一个毛孔都散发出迷人的馨香。乔安以为芳姐会对他说点什么，可是芳姐一直一言不发，就这么和乔安一圈一圈地走着。后来，走累了，芳姐对乔安说，我们回去吧。乔安也自始至终没有问什么。他觉得自己不需要问什么，就这么走着，就很美好……自那天后，乔安和芳姐之间像是有了一点不同，他们好像在共同保守着一个秘密，可这秘密到底是什么，直到他们分开的那一天也只是个秘密而已。

以后的日子里，乔安陆陆续续从其他同事的嘴里知道了芳姐的情况。芳姐的丈夫是个做生意的，好像也没挣到多少钱，就是忙得整日不着家。最奇葩的是，这个人铁了心不要孩子，说就喜欢二人世界。芳姐刚开始也接受爱人的想法，但时间长了，家里人唠叨个没完，周围的同龄人也都生儿抱女，他又天天不着家，芳姐一个人也觉得有些寂寞。于是，芳姐对丈夫说想要个孩子，丈夫依旧没答应。芳姐也没多做纠缠，在避孕措施上做了些手脚，她心想怀上了你总不能不要吧。要了好久也没动静，芳姐的闺蜜劝她去医院调理一下，容易要孩子。芳姐本来是去医院调理身体，可是查来查去，芳姐的身体竟然真的有点问题，宫寒。这个问题说大不大说小不小。要是调理得顺利，很快就能要上孩子。要是不顺利，那芳姐要孩子还真是个大问题。宫寒，简单点说就是子宫温度太低，精子进去就冻死了，当然怀不上孩子。芳姐上网也查了很多资料，她没有告诉丈夫这件事，不是不敢，就是想多一事不如少一事，自己偷偷地寻医问药。可是事情往往这样，有些东西你不想要的时候偏偏很容易得到，你想要的时候又是耗尽心力也是徒劳无果。芳姐在要孩子的事情上就是这样，最后她自己也泄了气。她托关系从基层单位到这里的原因也是这个，原来的单位实在是个是非之地，谁见了她都要问孩子的事，搞得她觉得自己的子宫赤裸裸地暴露在所有人面前。有个男同事比较粗野，一次单位聚餐喝酒后对她色眼迷离地说，芳啊，要不要帮忙啊，哥可是热血汉子啊。满桌子的人哄堂大笑，她气得拿了包就离开了。这件事加速了她离开基层单位的决心。

到了市里，芳姐以为不会再有人过问这件事。她没想到的是一个柜组的姚姐，偏偏和她以前的同事是妯娌。姚姐本来就对她不是特别感冒，知道了这些事以后，整个中心的人也差不多都知道了，从那天吃饭小乔的提问看，恐怕只有小乔不知情。那天吃完饭去花园她本来想给小乔讲的，可是到了花园她又改变了主意，决定顺其自然好了。乔安知道了这些事后，在芳姐跟前一个字都没提过。他知道那天在小花园，芳姐是打算亲口告诉他的，不知怎么又改变了主意。不管怎么，乔安都想芳姐一定是信任他才愿意亲口告诉他，这让乔安觉得很骄傲，他发现芳姐只要给予他肯定他立时就信心倍增。那个时候，乔安还不知道这其实是爱情的力量。

六

乔安虽然内向，可他在心里对未来的另一半却是有自己的评判标准的。

乔安从小到大接触最多的女人就是母亲。母亲业务精干，人也很精悍，属于那种风风火火、泼辣型的。她对乔安兄弟俩的管理很严，母亲信奉的是慈母多败儿，棍棒底下出孝子，所以，在家里，母亲总是凶神恶煞的如老虎，父亲却像温吞吞的老母鸡。父母下班回到家，乔安兄弟俩永远都是听母亲在呵斥父亲，父亲一副事不关己充耳不闻的样子，端着一杯热茶，举着不知道哪天的报纸，躺在沙发上眯着眼睛看新闻。从那个时候起，乔安就下定决心，长大了一定不要找如母亲这般的女人当媳妇，一定要找一个像琼瑶剧里的女主角那样温柔善良的。乔安常常想，女人要是太凶悍，本身有点姿色也会变得满脸横肉，母亲就是这样的女人。虽然母亲的五官看起来也很有味道，但是因为她的坏脾气，使她的眉毛常年倒立着，鼻孔也因为一直怒气冲冲有点上翻，白白毁了一副好五官。而那些性子软和的女人，就是长的一般些，可是因为由内而外散发的柔和气质而变得让人愿意靠近，看起来就很迷人。像芳姐这样长的精致，性格好到风情万种的女人，就是乔安意中人的模样。乔安开始天天盼着上班、加班，这样他就可以正大光明地坐在芳姐的对面，感受她的温柔、享受她的美。

芳姐的丈夫有时候会打电话过来，每次芳姐接电话的时候，乔安都会有些焦躁不安，常常把手里的东西搞得丁零当啷，乔安知道自己这是嫉妒了。几次之后，芳姐也发现了他的不对劲，再接电话的时候她就避开了他。芳姐跑出去接电话，引来的是姚姐狐疑的目光。很快中心又有了新的流言，就是芳姐出轨了。乔安听到流言的时候吃了一惊，以为他暗恋芳姐的事被发现了，到后来才知道男主角另有其人，是和芳姐隔了两个桌子的张哥。张哥要说也是中心男人的颜值担当了，个头高，就是头发早早地有点谢顶，给他的帅气打了很多折扣。乔安暗暗地观察芳姐和张哥，本来以前他俩之间很普通的逗闷子的话，现在怎么听都那么像在调情。乔安在那一刻的嫉妒比听见芳姐和她丈夫打电话还厉害。

那天乔安被派出去培训，培训机构管饭，可是乔安已经一个早晨没有见芳姐了，就不想错过和芳姐共进午餐的机会。于是，下课后他找了个借口打车赶回了单位。他在车上给芳姐发信息撒谎说培训机构要一些材料，他现在回单位取，让芳姐帮他打个饭。芳姐很快回信息说，张哥请她出来吃饭，她没去食堂。乔安看了回信，在出租车上气得差点把手机从车窗扔了出去。自己才一个早上没在，她就和张哥出去吃饭了。乔安气得也没回去吃饭，让司机掉头回了培训机构。乔安觉得其他同事也不是无事生非，芳姐自己有点不检点。

那次培训回来后，乔安开始疏远芳姐，他找各种借口不和她一起吃饭，工作的时候也是公事公办，不再替芳姐做多余的事。闲的时候，乔安就在电脑上不停地鼓捣着，不再和芳姐扯闲话。苏芳芳以为乔安为没有给他打饭的事发孩子脾气，时间一长，她觉得乔安气得可能不是这个，他不是那么小心眼的人。后来，她隐隐约约听到了一些自己和张哥的传闻，她才明白乔安是受了流言的影响，认为她是个不检点的女人。

乔安的气一直没消，他气的是自己心中的女神怎么能是一个不检点的女人。他决定晾着芳姐，不理她，让她自己反省，但是他也不能闲着啊。乔安想起刚到市里时发下的宏愿，一定要做出点成绩来，让哥哥刮目相看。乔安最近就在做这件惊天动地的大事。乔安发现各单位来报账的时候常常是落这个忘那个，一天跑好几趟，他就想发明一个财务软件，让报账单位实现网上初审，再来中心进行终审。这个软件说起来简单，可是怎么合理设计，怎么严格检查初审材料都需要极高的技术要求。乔安这段时间又是网上学习，又是请教专家，利用业余时间刻苦琢磨，终于把软件设计得有模有样了。他在家已经做了多次模拟，他让母亲帮忙，扮演报账员，进行网上初审。母亲虽然是第一次使用，可是她很快就用得很流畅了，乔安想连母亲这样年纪的老会计都能运用自如，其他单位的小会计就更没有问题了。母亲对小儿子的发明很是激动，当晚就给大儿子打电话，告诉他弟弟的伟大发明，让他和弟弟一起去局长那里报喜。乔安的哥哥听了母亲的电话虽然也很高兴，但他毕竟在大楼里是有头有脸的人。他说他给局长打个电话就行，让乔安自己给局长送过去。

不用多言，乔安的发明在局里一举成名。乔安从柜台调到了办公室，不再负责具体业务，乔安负责全局的业务管理。乔安一下子忙得不可开交，整座大楼有很多人知道了小乔的存在。这也正是乔安开会的时候，在局长发飙的时刻发出一声长叹，局长没有发火的原因，局长对乔安也是有些偏爱的。

七

乔安到了办公室后，很少有时间去食堂吃饭，一般都是打字员给他带回来，他的工作实在太多了。他脑子稍微闲一点的时候，还是想芳姐，工作虽然忙得日夜颠倒，但头脑反而清晰了起来。他知道自己不该误会芳姐，不该因为嫉妒而相信别人的闲言碎语。芳姐的为人，他应该清楚的。如果她是那样的女人，就不会拒绝局里多次的饭局安排，不会推掉那么多外单位的邀约。她和张哥吃个饭又有什么呢？也许张哥找芳姐帮忙呢。可是乔安实在太忙了，他想着忙过这段时间一定好好请芳姐吃顿饭，补偿一下这段时间自己的无理取闹。

乔安调到办公室，苏芳芳心里很为他高兴。从进中心没多久，苏芳芳就知道乔安在这方面会有大出息，乔安实在是个干财务的料。经他手处理的账目，干净利落漂亮，毫无瑕疵。她开始以为乔安是误会自己和张哥不检点才疏远她，现在知道原来乔安是忙着搞发明。乔安成功了，她发自内心地高兴和骄傲。可是她没有心情给乔安庆祝，一来乔安忙得如陀螺，二来那天张哥请她吃饭，给她说的事，让她心里搁了一块巨石，沉甸甸的，上不来气。

那天中午，她本来不打算吃饭，想直接休息，这段时间的求医问药使她有些身心俱疲。张哥等其他人都走了，去休息室找她，说出去吃点饭，有事和她讲。她本来想拒绝的，可是看张哥一脸凝重的样子，就起身和他出了大楼。张哥带她去了离单位不远的一处茶楼，茶楼装修得很上档次。茶楼的一层是卖茶叶、喝茶的地方，二楼是一个个小包间，搞成了私家菜馆。原来这个外表看起来毫不起眼的茶叶店，其实是茶楼兼私房菜馆。看起来，张哥是这里的常客，他到了后，服务员不用吩咐就上了茶，张哥又对服务员说老规矩。不一会儿，上了两荤两素四个精致的菜肴。菜的味道先不论，菜的品相真是可爱，苏芳芳想张哥这样一个看起来外形很粗犷的人没想到骨子里这么精致。

张哥对苏芳芳说，一个朋友开的，味道不错，最主要的是安静。她赶紧回话，太高档了，让张哥破费了。张哥笑着摆摆手。吃饭的时候，张哥问了她的敏感问题，孩子。苏芳芳虽然对一个大男人问这么私密的话题很反感，但还是忍住了。只说了还在调理，快了。张哥顿了顿，放下手中的筷子说，小苏，我们共事有一段时间了，你是个好人，我呢，性格你也知道，直肠子，藏不住事，我就给你摊开了说吧，前几天我去一个朋友家做客，他家里还有两个客人带着一个几个月大的孩子，朋友说这是他的客户，也是老朋友，你知道这个客户是谁吗？

苏芳芳愣了，我怎么会知道呢？

是你丈夫。

苏芳芳听后呆了片刻，旋即又笑了，张哥你别开玩笑了，你又不认识他。

我在你的朋友圈见过他的照片，你看，这是我们那天吃饭的合影。我想了几天还是觉得应该告诉你，你是个老实人，我不想你吃哑巴亏……

苏芳芳看着张哥手机里那张笑得牙花子都翻出来的面孔，他不是自己的丈夫又是谁呢？和张哥的那顿饭一直都是张哥在开导她，教她怎么保护自己，她只是默默地吃默默地听，她以为自己会哭，可是没有。

回到家里，见到丈夫，她看不出他有什么不同。这个男人背着她已经做了父亲，可孩子的母亲却不是她，是另一个女人。

晚上睡觉的时候，她又对丈夫说起想要个孩子，丈夫不耐烦地说，我们两个人轻轻松松地活不好吗？干嘛要给自己找麻烦。她靠在丈夫的肩膀上问他,你真的不想要孩子吗？丈夫没说话，一翻身压在她身上说，我只要你。那晚看着满足得呼呼大睡的丈夫，苏芳芳想张哥会不会给她看的是一张合成照，那他的目的又是什么呢？

再到单位的时候，苏芳芳看出张哥总想和她套近乎说点什么，她都找借口躲掉了。后来张哥也不再对她上心，俗话说清官难断家务事，更何况，人家根本不稀罕他来断。从那天起，苏芳芳的心里就总是沉甸甸的。

这天三八国际妇女节，中心跟大楼里的单位全部参加了全市市民健步走活动，上午走路，下午中心给大家放了半天假，苏芳芳和同事们中午一起开心地会了餐，乔安因为工作多，没有参加。吃了饭，苏芳芳和几个女同事又逛了会儿街才各自回了家。

苏芳芳在楼下看到了丈夫的车，今天他回来得挺早。开门进去后，苏芳芳僵在了那里，丈夫坐在沙发上，怀里抱着一个小婴儿。丈夫喊她，快过来，你不是想要个孩子吗？你看，这个小孩多可爱。她感觉自己像在梦里又像在幻境里，她看着面前这个男人和小孩，张哥的本事真大，把照片都变成了真人……苏芳芳醒来的时候，她躺在卧室的床上，丈夫坐在床边，看她醒了，对她说，你好好休息，医生刚走，说你没大事，就是血糖有点低。想起自己刚才晕倒了，她还想起了晕倒前的情形，她两眼定定地看着丈夫，等他的解释。

八

我和她是去年一次谈生意认识的。那天，我们喝了很多酒，后来……后来，我就送她回家。把她送到了家，可能是喝太多了，就发生了关系。但是，从那以后，我们就再没有联系过。我发誓。真的只有那一次，我要是说谎出门就让车撞死。

苏芳芳闭眼听着，发完毒誓的丈夫看着苏芳芳，她眼睛依旧闭着，没有睁开的打算，嘴也没有要张一张的意思，丈夫只能自顾自地继续说下去。上个月，她突然给我打电话，约我去她家，我说不去，她给我发了一张小孩的照片，说如果我不去会后悔的。我看了照片有点害怕，就去找了她。她告诉我孩子是我的，我当然不相信。她让我去验 DNA，我去验了，真的是我的。前几天，她让我送她和孩子去一个朋友家，到了她朋友家楼下，她说东西多，让我帮她把孩子和东西送上去。我一进去，她就给朋友介绍说，我是孩子的父亲。她朋友好像早就知道我会来，我碍于他们太热情就留了下来吃饭。后来又来了一对夫妻，中间我无意间听到那个男的也在核算中心工作。我以为这件事瞒不住你了。可是你后来提过一次孩子，也没有太过激的反应，我想那个男的可能不认识我，我又暗自庆幸自己逃过一劫。

今天，她让我帮忙看一下孩子，说她有点急事要办。我没多想就过去了，她走了大概两个小时，来了一个快递员，交给我一封信，原来她已经出国了。如果不是当时怀孕，她早就出国了，可是她没忍心做掉孩子，现在她又有了出国的机会。她打听到我们一直没有孩子，就决定把孩子留给我。我本想神不知鬼不觉办个领养手续，可是看你今天一见孩子就晕倒了，我才知道你同事一定是告诉过你。既然你都知道了，我也真是没办法。我毕竟是孩子的父亲，不能再抛弃他。我知道你一直想要孩子，最近也一直在看病，我问过大夫，你这种情况能有孩子的几率很渺茫。我想，这个孩子也许就是上天赐给我们的。

丈夫的话，苏芳芳一字不落认认真真地听了，眼泪流在了她的心里。她知道，不要这个孩子也就意味着这个家没了，而她，正如丈夫说的那样，这辈子有孩子的可能性又几乎为零。这个孩子就是丈夫在世上唯一的血脉。苏芳芳想起丈夫看着孩子的眼神，就知道孩子一定是他的，那种温柔是只有亲生父亲才有的。连着几天，家里陆陆续续地来了婆家人、娘家人，她们都劝苏芳芳想开些，总比和自己一点关系都没有的孩子强吧。苏芳芳的大姐搂着她说，忍一忍，也许就能怀上自己的了呢。不是有很多这样的例子吗？

苏芳芳开始进入母亲的角色。日子一天天地过去，她完全被这个小东西迷住了，世界上怎么会有这么可爱的生灵呢？丈夫每天也很积极地回家，他们两个争着抱小东西，喂小东西，丈夫说，给小东西起个名字吧，不能总是喊小东西吧，不好听。那叫他小不点吧，对，就叫小不点。希望他永远是个小不点，快乐的小不点，不要长大……

九

乔安知道芳姐有小孩的时候，已经是小不点到芳姐家三个月后的事了。这期间，乔安去外地培训了两个月。回来又昏天黑地地忙了一个月，给他打饭的打字员那天给他饭的时候说，芳姐的小孩真好看啊，特别可爱，没想到抱来的孩子都可以这么好看。他先是没有反应过来，等反应过来时打字员已经走了，他撵到了打字室，才问清楚是怎么一回事。打字员知道的并不多，就知道芳姐不能怀孕，于是领养了一个男孩。

乔安听完打字员的话，也就是从那天起，他的心头总感觉憋了一口气，说不出哪里不舒服，但长叹一口气，就会觉得舒服点。老中医给他诊断的“郁结于心”，真的很准确。他当然知道自己的郁结是什么。他想找个机会和芳姐谈一谈，可是又能谈什么呢？

中心里知道孩子底细的只有张哥，从同事们的反应看，张哥并没有泄露孩子的身世。苏芳芳想张哥真是个正人君子。张哥虽然不知道为什么孩子突然到了苏芳芳这里，但是他想这或许是最好的结局。

乔安变成乔叹后，局里给他减少了一部分工作，让他调理一下身体。乔安知道一定是母亲又给哥哥打电话了。这样也好，乔安至少能每天午休一会儿。这天，乔安躺在办公室的沙发上翻微信，他已经很久没玩过微信了，他点开了芳姐的头像，芳姐的头像成了一朵艳丽的花，底下有一行小字：人生不在此岸，就在彼岸。渡过去，就没什么大不了了……

乔安查了一下，芳姐的头像是一朵曼珠沙华，就是彼岸花。

“如果时光可以倒流，我能做什么？”

乔安长出了一口气，在朋友圈冒了个泡。后面的评论接踵而至：“时光就像流水，跟着它向前淌吧，兄弟”“既然不能倒流，就向前看，一片光明”“怎么了？乔主任这么感伤，让我们情何以堪啊”……

这世界最精彩的地方一直在评论区，乔安看了大家的回复，心里的那口气在一瞬间驾云而去……

变脸

一

罗阳用了一天时间终于搬好了家。

她也没想到自己之前那个不到六十平方米的小房子装得下这么多东西。七零八碎、角角落落的一拾掇，她买来搬家用的十来个编织袋、七八个整理箱都装得满满当当的。这还不算她扔掉的那些。她最发愁的就是书柜里和四处散落的书，罗阳的家随手就能拿到一本书看，这是她的习惯。她也曾去过一些亲戚的家，有些人家撇开穷富不提，最不能让她忍受和理解的是家里竟一本书都看不到。

罗阳今年到了第三个本命年，过了今年她就开始大踏步往四十奔去了。大学毕业她就开始独自生活，那时候父母还在县里上班，她考上了市里的事业单位，父母担心租房住不安全，就给她买了一个一居室。后来他们双双退休来到市里定居，于是又买了一处一百多平方米的房子住。他们曾多次提出要罗阳搬回去和他们一起住，但罗阳那时已经独自生活了近十年，早就不能适应和父母一起生活了。现在她的父母特别后悔给她早早买了房,他们认为这是罗阳到今天都没有嫁出去的根本所在，罗阳活成了“独槽子驴”。

罗阳看着满屋子的袋子、箱子和一地捆好的书，累得瘫在了地上。她这个一向自诩做断舍离很彻底的人，望着这一堆堆身外之物感觉自己陷入了一个充斥物欲的泥潭不能自拔。罗阳的同学大都已经成家有了孩子，偶尔罗阳去闺蜜家串门，进了门，罗阳要一蹦一跳地才能到达客厅的沙发上，闺蜜家的地上到处是孩子的玩具、奶瓶和撕下来的卫生纸……闺蜜阿华有一次边捡地上的纸条边清理玩具边对罗阳说，阳，你看见了没，像我儿子这样的孩子有十个就能养活一家造纸厂。说来也怪，小孩子无论有多少玩具都不如撕纸来得快乐，阿华的儿子对撕纸尤为痴迷，无论他们把家里的纸放得多高放得多隐秘，这小子都有办法找到，并以最快的速度撕得稀巴烂，搞得阿华他们一点儿招都没的,到了阿华一家被儿子磨没了脾气,“撕吧撕吧，撕撕没烦恼”，阿华为儿子改编的广告词。

罗阳这次搬家是搬到单位集体分的保障性住房，离单位近，走路十来分钟就能到。罗阳把住的小房卖了付了首付后，剩下的钱用来装修。这几年，市里房价涨得快，罗阳的这个小房比买的时候翻了一番还多些，她父母又说幸亏买得早，搁到现在连他们都不一定能买得起市里的房子。嫌房子买早了的是他们，庆幸房子买早了的还是他们，罗阳想，甘蔗哪有两头甜，说的就是父母这样的人。单位这次分房是房改前的最后一次，罗阳算是踏上了末班车，后来这片的房价因为是学区房而涨得一发不可收拾，不过，这都是欲知后事如何，且听下回分解的事了。

二

每年的大年三十，罗阳都要回父母那吃年夜饭。白天，她会去单位站完最后一班岗。罗阳的同事到了大年三十这一天，除了局长，其他人基本上都不来单位了，他们有的要早早赶回外县的父母家、公婆家，有的则赶在三十这一天做最后的年前采买，只有罗阳一人吃饱全家不饿，有父母在身边从不用操心过年的事，所以总是她来单位做收尾工作。

今年的大年三十也不例外。罗阳处理完最后一点工作，浇了花，泡了杯咖啡一个人在办公室享受最后的惬意。就在罗阳抿着咖啡，欣赏办公桌上的富贵竹时，她的手机很突兀地响了，吓了罗阳一跳。罗阳一看是父亲的电话，奇怪，父亲怎么给她打电话，平时都是母亲给她打电话，出什么大事了吗？罗阳心里犯着嘀咕，接起了电话，电话里父亲咆哮着：“赶紧滚回来！你妈要吃药自杀了！”罗阳还没来得及反应父亲就挂了电话。

又来了。罗阳长长地叹了口气。父母从她记事起就不停地吵不停地闹。尤其是逢年过节，他们俩总要大闹一场，每次别人家都高高兴兴准备着过节，只有他们家在摔锅拌碗热火朝天地做着一年的总结。罗阳的父母在县里，母亲是老师，父亲是邮局职员，都有体面的工作，按常理，她家在县里应该是比较富裕的。可是母亲兄弟姊妹四个，父亲兄弟姊妹六个，两个家族里就只有母亲和父亲两个有公职，吃国家饭，其他人都在乡下务农或是城里打散工，奇葩的是，在他们的后代里又只有罗阳一个比较争气，考上了大学，又考取了公职，吃上了国家饭。所以，这两个家族除了罗阳一家，其他人的日子可以说都过得有点儿紧巴巴。罗阳父母就因为自己的钱给娘家多了还是给婆家少了一天到晚吵闹不停。要是没有这些亲戚，罗阳想他们家的日子应该会像其他人家一样太平。可皇上还有个穷亲戚呢，何况是像她父母这种从农村考学出来，下半辈子才洗干净两腿泥的人。

这一次，老太太闹得要自杀情况就有点严重了。罗阳快速收拾了一下办公室，急匆匆地往家赶。出了电梯还在走廊罗阳就听到了父亲和母亲不堪入耳的对骂，以前在县里，身边都是熟人，父母吵架都还顾及一点脸面，虽然言辞惨烈，但分贝努力控制压低。搬到这里后，几乎没有熟人，他们的争吵成了家常便饭不说，嗓门也是无所顾忌。罗阳站在走廊回旋处听了一会儿，摇着头下楼去了超市。她实在听不下去他们之间比仇人还戾气十足的话，听见他们还在吵闹，就说明母亲自杀是吓唬人，不用急着去管。

年三十的超市人头攒动，所有的货物好像不要钱一样被大家疯狂地往购物车里塞塞塞，哪家的购物车里都是摞成了小山。罗阳想不通这些人，超市一年四季不关门，就过几天的年他们就像到了世界末日一样要把几辈子的吃食用度存够，罗阳家也是，到了初四有些菜就开始腐烂，年年如此，年年不改。罗阳在超市人头最稀少的地方买了些价钱比较高的海货，母亲是一定舍不得买这些的。买螃蟹的时候，看着螃蟹张牙舞爪的样子，罗阳眼前是拎着锅铲、蓬头散发、破口大骂的母亲和双手叉腰、怒发冲冠、嘴里脏话满天飞的父亲。父母在外人面前一个是为人师表的好老师、一个是温和可亲的好大哥，可他们竟是把毕生最恶毒的话语都说给了世界上本应该是最亲的人，罗阳对婚姻的失望也可能从小就植根在了心里，而对父母这样的人，罗阳用自己发明的一个词——“阴阳人”来形容。

罗阳拎着海鲜再次返回父母家时，走廊里静悄悄的，开了门，母亲在厨房做年夜饭，父亲在打扫客厅，往茶几上摆放过年的瓜子、糖以及干果和水果，屋内的空气是僵硬的，父母的脸是阴沉的，只有电视机里欢快地唱着“咱老百姓，今儿晚上真呀真高兴，咱老百姓，今儿晚上真呀真高兴，咱老百姓，今儿晚上真呀真高兴……”罗阳看了父亲一眼，父亲冲她翻了翻眼皮，嘴里不知嘟囔了个什么，她没听清，也没问，径直去了厨房。母亲见她回来，用围裙角角擦了擦眼睛，罗阳看了心里有点难受，又不知从何安慰母亲。她找来盆子倒出那几只活的螃蟹，对母亲说，你看，还是活的呢！母亲也稀罕地拨拉拨拉螃蟹，说，又乱花钱。罗阳帮着母亲准备晚上的年夜饭，母亲对她絮絮叨叨地讲了半天今天和父亲吵架的缘由，有一部分是老生常谈，是他们俩一吵架就要翻出来的陈芝麻烂谷子。还有新的导火索，就是今天上午老家的二姐给父亲打了电话，让他回去参加外甥的婚礼,电话里给父亲直接分配了一万元改口费。母亲听了当然不愿意，之前筹备结婚的时候他们就赞助了两万元，现在回去参加个仪式又要端一万元，这不是宰冤大头呢嘛。本来父亲对二姐的这个做法也不太满意，但是从母亲口里说出来不满就不行，并且母亲还骂了父亲家的人都是狼，是吃人不吐骨头的饿狼。罗阳想，母亲家里的人又何尝不是如此。今天这场仗不出意外还是为了这些亲戚。

罗阳正在剥葱，辣得眼泪直淌，她眼泪汪汪地看着母亲说，咱们家帮这些人什么时候是个头呢？母亲用衣角帮罗阳擦掉眼泪，自己也擦了把眼泪，说，都是一家人，打断骨头连着筋，没有他们，我和你爸也念不出来书，吃不上皇粮。你赶紧成个家，我们这把老骨头就歇心了……罗阳知道母亲的话最后一定会落在她结婚成家的事上，她笑着对母亲说，有了对眼的就结，您别着急。

“还不急！过了年就奔四十了！别人家的孙子都打酱油了！”客厅里的父亲冲着厨房里的娘俩喊道。罗阳冲母亲吐吐舌头，母亲回道：“谁家的孙子愿意给你打酱油你去谁家领去！”客厅里的电视声明显调大了些，大过年的，父亲也没力气再接茬吵了。

三

在父母那过完初一，罗阳迫不及待地回了自己的小窝。初二开始，父母家里来拜年的人络绎不绝，前些年她还年轻，整个年假都在家帮母亲做饭洗碗，接待一拨又一拨的客人，每年父母发出去的压岁钱也是笔不小的数目。近几年，她实在听怕了听烦了这些亲戚的各种催婚，父母亲也为了面子上好过，不尴尬，过完初一就默许罗阳回自己家去，对拜年的亲戚就说罗阳出去旅游了，现在过年旅游也都是平常事。

回到了自己崭新的家，罗阳开始一点点收拾整理，每一个房间每一个角落都被她收拾得明晃晃的。罗阳是九月生日，处女座，骨子里就爱干净。这些年独居生活，她爱干净到有点洁癖的程度。闺蜜阿华来过她家后说，有个孩子你这什么洁癖啊失眠啊的臭毛病都不治自愈了，还是闲的你！收拾乏了，罗阳就煮一杯现磨咖啡，她买了一个咖啡机和上等的咖啡豆，在生活品质上罗阳一点儿都不含糊。品着香气溢满整个房间的咖啡，躺在阳台的摇椅上晒着暖阳，怀里搁着一本书。罗阳透过阳台亮闪闪的玻璃窗望着窗外的蓝天，看着偶尔有麻雀欢快地飞过，她想，像鸟儿这么自由自在的不好吗？干嘛非要把自己圈进围城里，进退两难。她脑子里浮现的是“阴阳人”父母的形象，现在他们应该在家相敬如宾地招待来家的客人，不动声色地讲他们的女儿分了大房子，在单位多么地受重用，忙得没有时间谈朋友……

罗阳从小性子直，这一点她不随母亲也不像父亲，而是和爷爷一样。罗阳从小是在爷爷奶奶身边长大的，父母是双职工，没有时间带她。罗阳参加工作以后才渐渐地明白了世界上的事不是非黑即白，而是有灰色地带，有很多和父母一样的“阴阳人”。刚参加工作时的罗阳，单纯率真，本来她考上的是事业编，是要去搞专业的，可是罗阳材料写得好，就被抽到了办公室工作。到了办公室，罗阳听父母的话，每天早早地第一个到单位，把局长办公室和他们自己的办公室都打扫干净，提好开水，放好报纸。罗阳不怕干活不怕辛苦，她最怕猜领导的心思。大多时候和局长沟通的事都是主任去，主任也看出来罗阳心直口快，不是那种心思会拐弯的人，他只要求罗阳把材料写好就行。局长对罗阳一直很客气，总说，小罗啊，开水我自己打就可以了，辛苦你了啊。罗阳每次都笑一笑回道，您客气了，这是我应该做的。

就这么干了有个大半年光景，也是到了年跟前，天气一下子冷得不得了，天气预报说这几天是多少年不遇的寒潮来袭。这天早上，外面冻得拴不住猴，罗阳肚子疼得钻不出被窝，罗阳的老毛病痛经突然犯了。她上初中的时候，痛经特别厉害，在课堂上疼的晕了过去，母亲把她带到了市中医院做治疗。那个女大夫，罗阳至今都感激她，就是她用针灸和艾灸两种方式结合治好了罗阳的痛经，后来，罗阳上高中后还推荐其他女生去那里看病，去看病的女生从市里回来说，给罗阳看病的那个大夫退休了。罗阳听了很吃惊，她记得戴着眼镜，隔着口罩的女大夫目光温柔，头发黑亮，额头光而平，几乎没有皱纹，她以为女大夫最多不过和母亲同岁，怎么就退休了呢？女大夫治好她的痛经后，还叮嘱她以后需要注意的事项，罗阳一直都谨小慎微地遵照执行，她也确实疼怕了，这种疼不是裂开伤口那样的疼，是那种咬人心口的疼，疼起来没着没落的，虚汗直冒，一刻都不想活的疼。这已经十来年了，怎么就又犯了呢？罗阳仔细回忆这几天做过的事，确定是来月经的前两天吃冰激凌惹的祸，那天和同事吃完火锅，火锅太辣，同事大冷的天买了冰激凌，说是这样子以毒攻毒才刺激，罗阳一时大意，忘了就要来月经，跟着吃了一个，这不，管不住嘴，报应就来了。

罗阳本来想请假，又想起有个文件今天要签，她头一天锁在了自己柜子里。挣扎了半天起了床，罗阳简单洗漱了一下，打算去单位签了文件就请假回家休息。到了单位，她捂着肚子坐在办公室等局长来。听着局长的门响了，她整理了一下头发，强打精神过去签文件顺便请假，刚在门口准备敲门，就听见局长在里面抱怨，卫生不打扫，连壶开水都不知道打了吗。罗阳敲门进去，局长扯着脸坐在办公桌前，罗阳脸色煞白，对局长抱歉地说，今天身体不舒服，就没有打扫卫生。局长听了没吭气，刷刷刷签了文件，罗阳对局长的冷漠也很生气，拿了文件就往出走，关门的一瞬间，她听见局长在里面说了一句："老姑娘就是事多。"罗阳有心和他辩驳几句，可身体实在不允许，她扭身回了办公室。回到办公室，罗阳捂着肚子坐在桌子前掉眼泪，和她一个办公室的王姐从外面进来，手里拎着一壶开水，见罗阳坐在那里掉眼泪，放下水壶，拍了拍罗阳的肩膀又出去了。

罗阳掉了会儿眼泪，肚子没刚才那么疼了，她写了张休年假的假条放在了主任桌子上，穿了外套回了家。到家自己煮了杯姜汁红糖水喝了，抱着暖宝躺下休息。脑仁疼、脸疼、眼睛疼，这是哭过后迎了冷风的结果。局长的话罗阳已经气过去了，这样的话估计背后说的人很多。前些日子她去培训，意外地碰到了高中同学，她们还被安排住在一个房间。那几天，她们天天聊到很晚，聊了很多，临分别时，同学对罗阳说，阳，别太挑了，有差不多的就结了吧，现在的人人前是人，人后是鬼。当时的罗阳以为是同学在单位受了很多排挤和委屈的抱怨话，现在想想，这话就是对罗阳说的，也许在同学间流传了很多关于她罗阳的流言蜚语。办公室的王姐，不也老开玩笑说，我们小罗啊，就是个傻白甜嘛。单纯地活着不好吗？做个假惺惺的“阴阳人”不累吗？

四

在家休完年假，罗阳的身体恢复了，心里也没那么别扭了。可她回到单位,还是给主任递了申请要离开办公室,回去干专业。主任想对罗阳说点什么，但见她心意已决的样子，只说，让罗阳等一等，等他找到合适的人就让罗阳回去。办公室主任的工作能力没的说，他唯一的硬伤就在写材料上，主任平日对自己挺照顾，罗阳就应承了下来，答应主任继续工作等他找个合适的人来接替她。

每天的工作还是和以前一样，罗阳静静地等着主任的安排。可罗阳隐隐感觉好像有些不同寻常的地方，怎么个不寻常她又说不出来。她发现在单位不论走到哪儿，看自己的眼睛多了，眼神也变复杂了，不就调个岗吗，又不是以前没有过这样的事情，至于嘛。罗阳猜到了大家知道她要调岗的事，她猜不到的是大家把她调岗的事和她休假前在办公室哭鼻子的事联系到了一起。罗阳想和隔壁桌的王姐聊聊，可王姐这几天明显对她回避了起来，一直低头忙着干活，不太接她的话茬。就在罗阳心里憋着一股气的时候，局长找她谈话。

局长见罗阳进来，温和地招呼她坐下，给她递了一瓶矿泉水。罗阳看局长今天脸色不太好，灰塌塌的，胡子也没刮，整个人看起来比前几天老了很多，罗阳想人上了年纪还是不能太操劳，老话说人老老一载，确实如此。局长和罗阳东拉西扯地聊了一些，罗阳不知道他到底想跟自己说什么，她最怕猜领导的心思，她也确实猜不透领导的想法。她只有耐心地听认真地答，也许下一句就能豁然开朗。局长继续语重心长地和她说了好半天，罗阳总算捋出来一条思绪：就是有人拿她那天从局长办公室出来哭鼻子和现在调岗联系在一起做文章，举报他俩有不正当关系。罗阳捋清了局长想说的是这个话之后，整个人都木了，她觉得说这种话的人简直不可理喻，怎么可以无中生有到如此厚颜无耻的地步。罗阳心里用了万万个词语狠批这个小人。她不知道该怎么回应局长的话，她为自己那天的脆弱又悔又恨，眼泪又不争气地流了下来。局长见她这样，给她递来纸巾，说，没事的，小罗，你的路还长着呢，清者自清，浊者自浊。

后来，罗阳听主任说，上级暗中调查了此事，没有什么确凿的证据，就不了了之了。主任还叮嘱罗阳，以后别一根肠子直到底，多留个心眼。罗阳自己在家仔细研究分析了此事，那天她去单位签完文件回家，整个过程除了局长，她只接触了一个人——隔壁桌的王姐。她想要么是王姐，要么是王姐把这件事传了出去被人借题发挥，那段时间王姐对她回避，要么是愧疚自己嘴快，要么因为干了缺德事心虚。从那后，罗阳对王姐退避三舍，只剩同事间的礼貌往来。

主任一直没找到合适的人接替罗阳，罗阳也不再提调岗的事，继续好好写她的材料，干她的活儿。这件事对罗阳的影响却是深远的，她深信了同学说过的话，现在的人人前是人，人后是鬼。她罗阳做不了鬼，就时时提醒自己做一个忠于自己的人。在机关发生在罗阳身上的这种事就像那小草，是野火烧不尽，春风吹又生的，一茬又一茬的你来我往，该来的来，该去的去。

可大家没想到的是，这件事最大的受益者竟是局长，没过多久，他被调整到了另一个局任一把手，虽然属于平调，可是这个局是实权单位，在别人看来局长其实是高升了。现在的罗阳不仅负责写材料，还负责整个办公室的工作，因为原来的主任现在成了赵副局长，而罗阳成了办公室的罗主任。

煎炒烹炸

一

佟峰这辈子过得最为得意的两个字是“隐忍”。

这两个字在别人眼里可能是窝囊、没出息，但佟峰不这么认为，佟峰认为的隐忍是一种大智慧、大境界，是一种高贵的品质。佟峰今年是知天命之年，他在单位工作了近三十年。佟峰在单位是个司机。前不久市上出台了公车改革政策，像他们这种文化单位，遵照改革细则，单位的车都会被市上统一收回，以后单位用车要提前和这次改革中新成立的政府公用车队租借。佟峰大半辈子过来除了开车一无所长，没有了公车开，他不知道自己在单位还能做什么。但他不着急，他觉得领导会替他着急，他就是心里着急也能忍得住。

果然，先沉不住气的是办公室主任，他的直接主管领导。

办公室主任是今年从县上调上来的，佟峰对他挺看不上的，一天净管些鸡毛蒜皮的小事，该过问的事假装不知道，不该他管的他嘴还长得很。以前的办公室主任大大咧咧，可是粗中有细，也懂得给下属们点好处。比如采办一些办公用品，他就让佟峰去，司机工资低，采买的活多多少少佟峰能有点儿外快。现在这个主任，在花钱上都是亲力亲为，买个拖布都让佟峰拉着他去。佟峰在这一点上顶瞧不上他的，小家子气得很。

主任姓黄，单名一个军，黄军。单位里的人听了黄军这个名字都忍不住把嘴咧了咧，也不知道这个黄主任从小到大受了多少这样的讥笑。

佟峰敲门进去。黄主任对他很客气，给他倒了杯茶，和他先聊了半天闲话。最后总算落在了正题上，他问佟峰，老哥，这次公车改革你自己有什么打算啊？佟峰点了支烟，慢悠悠地说，我来单位快三十年了，啥时候都听领导的，王局让咱去哪咱就去哪。王局就是单位现任的一把手，佟峰一直给他开车，两个人的私交也很不错。佟峰这个时候就是要搬出王局压一压这个新来的主任，让他别以为他佟峰真就是个开车的。黄主任听佟峰这么讲，一点儿都没不高兴，反倒更加和气地对他说，那是，那是，老哥是单位老人，不论功劳也有苦劳，王局也再三叮嘱我让我把你安排好，要让你满意。主任这话佟峰听了心里舒坦了点。看佟峰的脸色好看了些，黄主任借着风继续说，这次改革老哥倒是有三条路可以选：一是提前退休；二是去这次改革市上新成立的公用车队继续开车；三是继续留在咱们办公室，换个工种。佟峰听了这三条路，第一条，提前退休，他肯定不选，他才五十岁，退休回去做什么，难不成老婆上班去了，他天天和丈母娘在家大眼瞪小眼吗？佟峰一直和丈母娘一起生活。他们单位本来就清闲，家里的事基本上都他包了，可是毕竟上班还有八小时不用面对丈母娘，心情也轻松些。至于第二条去车队，他倒是有点动心，继续干他的老本行，凭技术吃饭，心里可能更踏实，可他听人说，车队去了就不是现在的工勤身份，成了合同制的工人，这行政单位的工勤岗和合同制工人可是有着天壤之别的，这点他工作了三十年还是门清的。就是不知道消息是真是假。他想问问黄主任，话到嘴边又赶紧假装吸了口烟咽了回去。第一他抹不开面子问，第二他突然觉得这个黄主任对他不会说真心话，所以他还是得等，等他先开口。佟峰皱着眉头，默默吸烟，脸上好像在做痛苦的抉择的样子。就这么憋了好半天，也没见说一个字。

这边黄主任却等不及了，看他这个费劲的样子，端起茶杯给他续了点热水，递到佟峰手里。然后，坐在了佟峰旁边，言辞恳切地对佟峰说，老哥，你知道我才来咱们单位不久，对单位的人和事还不是很熟悉，但你老哥自从我来了咱俩就在一个科室共事，我对你还是熟悉的。老哥你工作踏实，勤勉，任劳任怨，这个王局也不止一次地夸过。今天，我不以你直接领导的身份给你意见，就以兄弟的身份给你提个建议，你看咋样？

佟峰看看他，喝了口水，点了点头。他倒想听听这个黄主任能提个什么建议。黄主任把他的意见一说，佟峰气得肺疼。佟峰以为他会给自己在第二条和第三条上面建议，没想到这个黄军直接给了他个一脚出局，让他提前退休。佟峰本来还拿不定主意是去车队还是留单位，这一下，他被黄主任的话点醒了。他既然让自己退休，就说明有人要来接他这个岗，至于是谁推荐来的人不清楚，但很显然留在单位比去车队好，否则黄主任不用这么费事劝他退休，直接把那个人送进车队就行了。脑子清醒了，心里也拿定了主意，佟峰掐灭了手上的烟，咽了口茶水，对黄主任一字一句地说，老弟你的话老哥心领了，老哥今年才五十岁，你也知道我一直和丈母娘住，早早退休回去了，待着也难受，我就留在咱们单位吧，和大家共事了快三十年，半辈子都过来了，也习惯了，再干几年我就退休回家，留下来老弟你让干啥老哥就干个啥，绝无二话。黄军以为佟峰会采纳他的意见，就是不接受，也会选择去车队，毕竟他除了开车再啥也不会，待在单位就是闲人一个，这样他就可以把调他到市里的那个老领导家的亲戚安排进来。可他万万没想到的是佟峰直接表了态，要留在单位，其他的都不再考虑。这一下把路彻底堵死了。

佟峰出主任办公室门的时候，用余光扫了一眼主任的脸色，他知道自己这步棋选对了，此刻黄主任的脸色真是比打了败仗的皇军还难看。

二

时针吧嗒吧嗒走到五点的时候。佟峰已经洗好了茶杯，收拾好了办公桌，指针一到五点他准时出门下班。选择留在单位的佟峰，依旧在办公室，他每天的工作就一样：分发报纸、信件。邮局每天早晨会把报纸和信件放在一楼的柜子里，佟峰早上到了单位取了报纸、信件，再把它们分发给领导和各科室，他一天的工作就结束了。

佟峰之前当司机的时候就一个人坐一间司机室，现在不当司机了，他的司机室改成了收发室，还是他一个人。佟峰当司机多年，最大的毛病就是吸烟，他一个人一天可以吸一包到两包烟，当然也有给别人散出去的，但这个量也是很厉害了。以前各个办公室都有吸烟的男士，也没人怎么管，现在全市上下都在争创模范机关，禁止吸烟是其中一项必备的达标项。再加上现在人都讲究优生优育，备孕、怀孕、哺乳都闻不得烟味，事关下一代的健康，这些个年轻女同志才不管你是领导还是普通干部，在办公室打火机刚拿出来就被夺走了，这些个男同志也不好发作，吸烟有害健康，这是全世界人都知道的。佟峰的司机室就成了烟民室，他的办公室一年四季不锁门，所有人自由出入，佟峰这里也是整个单位的消息集散地，就像电视里村口的大槐树是整个村子的消息传播源一样。果然，去车队和留原单位的人员待遇差别显著，而且车队工作重，负责全市行政事业单位的外派用车。来吸烟的人都对佟峰竖大拇指：还是佟师傅你牛，懂得审时度势，不愧跟着领导那么多年啊。佟峰挨个发烟，陪着笑说，哪里哪里，和大家处的有感情了，舍不得大家。

没有车开的佟峰，到点就下班走人。他现在不开车也不坐车，先步行到菜市场买菜。以前买菜的活是丈母娘的，佟峰有时候要拉领导办事，不能按时上下班。现在佟峰把买菜的活也接了下来。丈母娘是中年丧夫，老丈人爱喝酒，有一回喝多了栽进排水沟呛死了。丈母娘靠着打零工独自拉扯女儿长大，女儿很争气，考上了医科大学，后来做了医生，就是佟峰的老婆。佟峰和老婆是高中同学，高中毕业佟峰没考上大学，当了兵，佟峰和老婆算是早恋，他们在高中时就暗生情愫，定下终身。丈母娘开始时坚决不同意这门婚事，她认为自己的女儿怎么也要找个上过大学的有体面工作的。可是佟峰对老婆那是真的好，退伍回来后当了司机，天天风雨无阻接送老婆上下班，到丈母娘家是啥活都干，啥活都抢着干，佟峰老婆当大夫的忙得有时候连家都顾不上回，有佟峰这样的坚强后盾，她觉得自己比她们单位其他女同志省心省力。佟峰对她也是非常宠爱，女人说到底不图男人有多少钱多大权，她们还是图男人对自己一心一意的好。丈母娘最终没拗过女儿，同意了他们的婚事。事实证明女儿的选择没有错，佟峰除了挣得少点，其他真是没得挑，是个顾家的好男人，结婚后就一直和丈母娘一起生活，对老人家也像对自己的父母一样孝顺。在外人眼里，佟峰的日子和顺平稳。

只有一件事一直是佟峰心里的疙瘩，那就是孩子。当年婚后没多久，老婆就怀上了，佟峰很兴奋。可是当时老婆正在考研究生，要不当大夫没发展前途，丈母娘也劝佟峰，你俩还年轻，迟两年要孩子也可以。佟峰忍痛答应。老婆事业心重，做了人流没几天就一边熬夜复习一边上班，佟峰劝她休息，她说自己是当大夫的，知道怎么做。佟峰一直听老婆的话，那次也一样，他只能在饮食上备加关心。可是祸根就在那时种下了，老婆因为第一胎就做了人流又没有好好休养，导致子宫受损，受孕难度重重。他们夫妻俩求医问药多年也没个结果，后来年龄大了也就放弃了。老婆虽然心里对此事很内疚，但嘴硬，她对佟峰说，她才是那个能陪佟峰一辈子的人，就是有了孩子，他迟早也会另立门户，所以，有没有的都一样。老婆的观点佟峰没说对也没说不对，宠了老婆一辈子，佟峰习惯了顺她的意，只要她高兴，他就高兴。他自己心里的难受撕扯，在老婆和丈母娘那里再没表露过，把自己对孩子的渴望和遗憾统统放在心里最深处，从不去碰触。

现在的佟峰就像一个已经退休的老人，提着一个布袋袋在菜市场溜达。他背着手，每走过一个菜摊就问问菜价，捏一捏菜嫩不嫩，他喜欢这里欢闹的烟火气，摊主们个个把自己的菜擦得绿油油，拣得干干净净，那韭菜拣起来最费事，现在都被摊主拣得利利索索，一把一把捆好摆得整整齐齐，看着就喜兴。菜上只要有点烂叶子，摊主就毫不心疼地扯掉，留下来的都是精品。周末的时候，佟峰也去早市，早市比这里还热闹，菜更新鲜更便宜，可都是论堆卖。佟峰算了笔账，在早市论堆买看着便宜，可是家里人少饭量小，基本上是吃一半丢一半，核下来的价格倒比在市场上散买贵了。老婆笑他是财迷，费那脑子算去，那能省几个钱。佟峰晓得老婆现在是科室大拿，工资加奖金比他两倍还多，这点小钱她根本瞧不上。佟峰不管这些，他在乎的是这个过程，在买和算的过程里，佟峰无比的轻松愉快。除了买菜的过程让佟峰愉悦，还有就是回了家煎炒烹炸的过程对佟峰而言更是一种享受。

三

佟峰对厨艺的热爱早些年就有，但没现在这么强烈。不再开车的佟峰，双手像失去了价值一样，每天除了叼着烟的时候感受到它们的存在，其他时候，他总觉得双手空荡荡的。有一天看电视，不记得是个什么片子，里面有一段主人公做饭的镜头，杀鸡、炖汤，条子肉，丸子汤，糖醋鱼……一会儿工夫，做出一桌精美的饭菜。佟峰看呆了，原来做饭是这么神奇而令人着迷的事啊！一只活蹦乱跳的鸡，转眼成了一道鲜美的汤羹；

一条满盆子翻腾的鱼，三下两刀，刮鳞掏肚，滚油下锅，炸得金黄酥脆，再浇上汤汁，看得人直咽口水。佟峰不再满足做做家常菜,他像个真正的大厨一样搞起了食堂才有的高难度菜品。

佟峰家里的餐具一天比一天多了起来，丈母娘唠唠叨叨地嫌没地方放。现在厨房成了佟峰一个人的战场，其他人都不愿再进来，主要是她们进来也帮不上忙。佟峰在网上买了成套的锅、刀具、餐盘，厨房里现在是琳琅满目，应有尽有。厨房里原来那种普通的天然气灶、油烟机他也换了，换成那种餐厅用的多头的灶，油烟机的马力也增强了，佟峰照着手机里的小视频天天练习颠勺。有一回，火力太猛，火苗一下蹿起来燎没了佟峰的眉毛和前面的头发，佟峰索性去理发店剃了个光头。佟峰老婆倒是对他现在这样什么也没说，她忙得顾不上说，只要回来有可口的饭菜吃，她对佟峰做什么都不闻不问。丈母娘开始时还唠叨，现在也想开了，落得个清闲，大天出去跳舞、打麻将，玩得那叫一个开心。

佟峰除了和手机里的视频学，还专门去了自己常去的餐厅学。餐厅老板以为佟峰想开店，顺便教他怎么经营，佟峰没兴趣学这个，他就想学做菜。在餐厅后厨，几个灶头同时开炒，一派火光冲天的时候，佟峰的心随着这股烟火气也被燃烧了起来。佟峰这双抓方向盘的手现在娴熟地玩着炒勺，煎炒烹炸，样样拿手。就这样，佟峰摇身一变又成了餐厅里的佟师傅。佟峰每日在家做的菜花样越来越多，家里就三个人，吃不了多少，为了不浪费，佟峰又买来了几个多功能饭盒，每天中午都带饭去单位。佟峰的收发室现在不仅吸引着烟民们，还吸引了单位的大姑娘小媳妇，他的手艺已经传遍了整个单位。佟峰最拿手的一道菜是松鼠鱼。做这道菜，佟峰有自己的感悟，首先鱼要特别新鲜，做之前活蹦乱跳最好；其次刀工要精美；最关键的就是油温的掌握，油温要刚刚好，过高容易炸煳，过低一时炸不透就容易炸老了，失去鲜鱼的柔嫩。这个油温“刚刚好”，就像菜谱里说盐少许，酱油少许的“少许”一样，是凭经验凭手气的。佟峰记起小时候到了冬天家家要腌酸菜，母亲腌的酸菜永远汤和菜清清爽爽，二婶则是无论怎么腌到最后没等到开吃，腌菜汤就起了白毛，老家人叫“起白花了”，只能倒掉。最后逼得没招，二婶只好把缸和菜都拉到他们家，央求母亲给他们腌上，否则冬天这一家人吃什么呢。二婶腌不好菜，二叔到了冬天就常常吊个脸子，说二婶这点儿小事都做不好，奶奶说他，吊脸子给谁看呢，想想自己做了啥好事。二叔从年轻时就风流，天天拈花惹草的，二婶为此没少和他淘气，奶奶的话堵得二叔再不敢给二婶吊脸子了。佟峰也尝试过在家腌菜，和二婶一样也失败了，佟峰检讨过自己，并没有犯过和二叔一样的错啊。腌不好菜佟峰心头丧气，做出来的饭也没了滋味，还是老婆一语解开了谜团，家里烧的地暖，这么热的屋子怎么可能腌得出好菜呢。对啊，这个佟峰怎么没想到呢。佟峰有心在走廊里腌一坛子，老婆又说，你不怕人给你下药啊。佟峰对老婆说，也是，这年头的人，啥事都敢做都能做出来，为了几十块钱都能要条人命。以前他们住的地方，附近的邻居都不锁门，也没见丢什么。老婆问他，你们家那时候有什么可偷的呢！偷两条打补丁的裤子吗？佟峰被老婆噎到最后拍拍自己的胸脯回道，偷个帅哥回去过日子啊。

这一日，收发室里几个人正热热闹闹地吃着佟峰带来的饭菜。佟峰坐在沙发上抽着烟，得意地欣赏着自己的杰作被这群人吃得满嘴流油，那种电视里老父亲的满足感流出了屏幕外。有人敲门。谁啊，进这屋不用敲门！王局推门而入。正吃得热火的几个人，呆在了原地。佟峰赶紧掐灭了手里的烟，跳起来招呼王局，您坐，您坐。王局看着地上的几个人愣愣地瞅着自己，有的慌张地赶紧拿餐巾纸揩嘴上的油，他笑着摆手说，你们吃，你们吃，午饭时间嘛，都好好吃。王局把佟峰叫出来去他的办公室。

原来王局的老母亲前几日洗完澡不小心摔了一下，老人家骨头脆，一下就把胯骨摔断了，现在打了钢板在家休养。王局请了个护工和妻子一起在家照顾。王局现在的妻子是第二任，头一个老婆早些年得乳腺癌去世了。王局经人撮合找了现在的妻子，撮合人是王局现在的岳父，王局的老上级，老领导的女儿性格比较执拗，因为感情的事受过伤害就一拖再拖，拖到了四十好几还没有成家，王局那时候是老领导的部下，人稳重又能干，虽说结过婚，可是去世的老婆并没有生养，在老领导的极力促成下，女儿和王局成了家。王局当时并不是太满意这门婚事，他和头任妻子一直没有生养，本想找个年轻点的能生个一儿半女，老领导的女儿年龄有点大，王局估计她生娃怕是够呛。但那时候王局的事业正在上升期，老领导的提携对他至关重要。在事业和家庭上，王局还是选择了事业，娶了老领导的女儿。这个老姑娘倒是让王局收获了意外惊喜，结婚第二年给他生了个女儿，这一来，王局家庭和事业双丰收。

美中不足的是第二任妻子和王局的老母亲实在是合不来，两个人总是针尖对麦芒。这次是因为老母亲骨折实在没办法才住在了一起。第二任妻子收拾家务还行，做饭的手艺实在是上不了台面，平时王局应酬多，偶尔吃个一半顿的没觉得啥。老母亲现在一天三顿要吃饭，妻子和护工的饭都做得不咋地，老太太从昨天开始绝食抗议了，王局知道老母亲躺在床上心里憋得难受，她又不愿意在儿媳妇那少了威风，才出此杀手锏。这是两个女人的较量啊。王局对佟峰厨艺精湛早有耳闻，今天他就是要请佟峰去他家帮忙给老太太做饭。佟峰以为是什么棘手的事呢，这对他而言还不是小菜一碟嘛。

四

那天之后，佟峰就不再按时点卯地去单位。他大部分时间都在王局家的厨房里。

王局家的厨房很大。可就是个花口袋，样子货。刀老得切不动肉，炒菜的调料除了油盐酱醋加味精，其他基本没有。佟峰找不到汤锅，找不到蒸锅，就只有一个炒勺，把子那还生了锈。王局的妻子小刘，直性子，以前和佟峰经常接触，佟峰要这没有要那没有时就对佟峰说，佟哥，别问了，家里的东西都在这呢，缺啥您就买去，让老王给你报销。平时老王不怎么回来吃饭，我带孩子基本在娘家吃，家里一年四季很少开火。佟峰回去讲给老婆听，老婆说，局长的老婆也没我有福气，你是这意思吧。佟峰气得没再搭理她，在心里回着，自己也没有局长有福气，娶个四十几的老姑娘还能老来得女。老婆哪有闲心观察佟峰的脸色，她现在是医院的中层，下一步还会往上提，天天累得像狗一样。

佟峰去局长家除了给老太太做饭，对他来说，每天更让他兴奋的是给王局的小丫头做美食。小丫头长得是那种“丑心疼”，随了王局的脸盘子，比较开阔，眼睛又像了她妈，细细的一道，弥补这些短板的就是她一笑起来两个深深的酒窝，那小眼睛小眉毛挑起来，两个深深的酒窝盛满了笑意，再加上那小嘴甜的，把家里人都哄得团团转。自从佟峰去做饭以后，小丫头就认准了佟峰做的饭，尤其是佟峰的松鼠鱼，是老太太和小丫头的最爱。小丫头现在也不去姥姥姥爷家吃饭了，天天在家围着佟峰转。一会儿噘着小嘴让佟伯伯给她炸薯条，一会儿摇着佟伯伯的胳膊要吃鸡蛋仔，佟峰走到哪儿小丫头黏到哪儿，他那张原本窄条条的脸现在天天笑得挤满了褶子，老太太也被他的饭伺候得舒舒服服，伤也好得快。王局的妻子小刘，最近也天天跑回家吃饭，佟峰的饭把她滋补得这几日那双细缝缝眼看起来更细了。王局还是忙得很，佟峰和他在家几乎没有什么交集，听小刘说王局最近会再向上调整一步，小刘说这话的时候，眼里空洞，面目无情，临了哼了一句，除了当官他什么都不在乎。

黄主任倒是来过几次，每次来都不空手，不是给老太太带老家的羊肉补身体，就是带来佟峰能用得到的厨具、调料，都不是什么贵重东西，但很贴心，看小丫头对黄主任的态度，就知道黄主任没少往来跑。佟峰想王局要是能再向上走一步，那黄主任就或可提个副局长，成为黄局。佟峰边收拾黄主任带来的羊肉，边想着成了黄局的黄军在单位的样子，一个人恨恨地使劲剁起骨头来。小刘出现在身后，说，佟哥，这羊和你有仇呢，你剁这么狠。佟峰意识到自己的失态，忙说，这处骨头太硬了，不好剁。佟哥，你说黄主任这名字真有意思，黄军，他老家那不通电视吗，那日本人不就是皇军吗，起这么个名。佟峰听了又狠狠地剁了一刀，还顺手将明晃晃的刀举起来，模仿着电视里的日本兵喊道：统统的死啦死啦的！小刘先是一怔，紧接着笑得扶着肚子，王局就在这个时候回来了。

看妻子站在厨房的门口，对着里面的佟峰笑得那么开心，王局心里有点疙里疙瘩。小刘见他回来，冲他喊道，你吃了吗，没吃让佟哥给你做碗臊子面，这里有刚刚收缴了皇军的新鲜羊肉。

什么乱七八糟的。王局不悦地回了一句。

爸爸，黄伯伯给丫丫买的糖。小丫头扑在了王局的腿上，给他看自己手里的棒棒糖。

丫丫乖啊，糖吃多了牙齿会生虫子，这个糖咱们不吃了好不好？

小丫头一听这话撒开了王局的腿，跑进了厨房，扒着佟峰的腿问他，佟伯伯，佟伯伯，丫丫可以吃糖吗？

佟峰在厨房剁肉并没有听到小丫头和王局的对话，他满手油乎乎的忙着收拾羊肉，又怕油沾到小丫头的身上，就头也没抬地回她，吃吧吃吧，快出去吧，小心蹭到油。小丫头举着棒棒糖跑出来，冲着王局喊，爸爸，佟伯伯说丫丫可以吃糖。这话把王局惹怒了，冲女儿吼道，不许吃！我说不许吃就不许吃！小丫头被爸爸突然的吼声吓住了，几秒过后，她哇哇地哭了起来。小刘见女儿哭了，跑过来哄女儿，边哄女儿边说王局，天天不着家，好不容易回来就知道骂孩子，在外面受了气别一回家就给我们娘俩撒！王局听了又吼妻子，你给我闭嘴！

厨房里切肉的佟峰听着客厅里的声音不对，慌里慌张提着刀跑了出来，王局的脸黑汹汹的，小丫头哭个不停，见佟峰出来，小刘抱起小丫头回了自己的卧室。佟峰提着刀，站在那，不知道自己是该进还是该退。王局看了眼他手里的刀，说，佟师傅，收拾完早点回去休息吧。说完，去了母亲的卧室。佟峰愣了愣神，有点不是滋味，自己是来帮忙的，怎么感觉像是个佣人。回了厨房看着案上的羊肉一肚子气，他觉得都是这个黄主任惹来的一身骚，本来都挺开心的。

第二天，佟峰拿不定主意要不要去王局家，他决定先去单位打一头。有一段时间没去单位了，他早早起来做了几个点心带给同事，这段时间给小丫头做点心做得多，佟峰做西点的手艺也练了出来。

收发室的门掩着，佟峰推门进去，有两个老烟枪坐在里面抽烟，见了佟峰手里的饭盒比见到佟峰都亲。打开饭盒，里面的小点心比西餐厅的还精致可爱,两个人迫不及待地往嘴里塞，塞得满满的还往里塞，佟峰实在看不下去两人的吃相，说，慢点吃慢点吃，小心噎死了。这两人也是佟峰的老伙计了，一个梗了梗脖子说,佟师傅,太好吃了,好久没吃到你做的好吃的了。另一个朝佟峰的耳边靠了靠，说，老佟，这下不用去王局家受苦了，王局要调走了。

调走？调哪儿去？升了？

升什么升，平调，去了还是个虚职，明升暗降。同事压低声音回答。

怎么会这样呢？佟峰挠了挠自己的光头。

同事又往他跟前靠了靠，声音更低了，记不记得去年来咱单位审计的事，出了点问题，王局吃挂落了。

佟峰吸了根烟，和同事说，你们吃着，我还有点事出去一趟。

佟峰去了市场，买了点香菜和青萝卜，昨天剁肉的时候老太太就说想喝点肉汤，现在去还来得及。到了王局家，来开门的是护工大姐，开门后见是佟峰，乐得冲屋里喊，丫丫，快来快来，别哭鼻子了，佟伯伯来了！小丫头披头散发地跑过来扑进佟峰的怀里，佟峰心疼坏了，再一看小家伙哭得小鼻涕还在吹泡泡，又不由地乐了。

小刘也闻声过来，说，佟哥，你来了啊，老王还说你不会来了呢。

老太太的腿还没好呢，我咋能不来呢，早上家里有点事耽误了。来，丫丫，乖，不哭了啊，伯伯给咱炖大骨头，丫丫让妈妈洗脸梳小辫子漂漂亮亮的好不好？

好……

羊肉汤的香气飘满整个房间的时候，佟峰对王局是升是降不再关心，这个事本来和他就没多大关系，这个家现在牵绊着他的，说高尚点是腿伤未愈的老人家，其实背地里吸引他来的是这个“丑心疼”的叫丫丫的小丫头，她让佟峰的心甜了起来。

经过春天的时候

一

最近彭帅新交了一个女朋友。名牌大学毕业的高材生，女孩谈不上漂亮到哗众取宠的地步，但是绝对特别到迷倒一片森林。然而彭帅并不像他的名字，长得一点不扎眼，更不是现在流行的行走的荷尔蒙。彭帅，就是个普通人，中等个头，一个大脑袋戳在略显单薄的身子上走起路来晃啊晃的，总给后面的人感觉他会闪了脖子。彭帅说话的时候，脸上会泛起一圈坏坏的笑容，把本该看着敦厚老实的他改造成了一个老人嘴里的这孩子一脸的“坏相”。自带一脸“坏相”的彭帅人很风趣，说话招女孩子喜欢。他即将而立，步入社会多年，人很老到油滑，江湖气十足。

彭帅最大的优点就是勤奋加豪气，在记者这个行当里，狡猾的人比比皆是，记者做久了，自然会形成一个自己的人脉圈，遇到采访任务，四处张罗搜集一些材料进行资源整合，很多记者足不出户就可以完成一天的采访任务交差了事。彭帅做记者的年头也不算短了，加上他的老到，他的资源比很多资深记者都富余。可是彭帅在工作上不是个撒懒的人，这在年轻人中是不多见的。他为了一个采访能够几天几夜地蹲守，就像警察破案那样地蹲守，有时候一天就靠几个面包充饥，在掌握了一手的扎实的资料后，彭帅会夜以继日地把稿子精心设计打磨，按他的话说，“他彭爷的新闻一定是个顶个的精品”。那几年，在记者圈里，彭帅或者彭爷都是响当当的，因此，他把报社所有的优秀、先进拿了个遍。后来，彭帅被提拔为中层干部，不用在一线东奔西跑地忙采访，他成了真正的彭爷。

闲下来的彭帅挂在嘴边的是王小波在《一只特立独行的猪》里的话：春天来了，猪也该谈谈爱情了。以前他忙于工作，眼看快三十了还没有正儿八经地谈一次恋爱，现在他终于有了自己相对满意的事业，也有了可以自由掌控的时间，这个闲不住的家伙也像一只特立独行的猪一样发起了春梦，他开始到处参加相亲会，张罗各种各样的聚会，看他那迫不及待的德行，大家骂他根本就是一只饱暖思淫欲的猪。他也不恼不怒，晃着大脑袋慢悠悠地回一句：食色，性也。

和苏芳芳的相识，是在彭帅一个同学的饭局上。当时这个同学正在追求一个女孩，约了女孩出来吃饭，女孩还带来了闺蜜苏芳芳作陪。

那天彭帅正好路过给这个同学送老家的特产，感谢他之前帮的一个小忙，临告别时，同学对彭帅客气了一下，邀请彭帅和他们一起吃个饭，没想到彭帅一口就答应了，他哪知道彭帅最近恨不得天天有饭局认识新朋友呢。走在路上，这个同学的内心是崩溃的，他知道彭帅的本事，他担心自己好不容易约到女孩，让这小子给搅黄了，一路上他都在想怎么把这个大头支走。直到进了饭店，看见女孩还带着苏芳芳来的那一刻他才松了口气，打消了支走彭帅的念头。老同学因为一路上磨磨蹭蹭想着怎么打发彭帅的事，比约定的时间晚了一些，看着女孩和苏芳芳眼前的水杯就知道她们坐了有一会儿了，老同学毫不迟疑地把迟到的错误推到了彭帅身上，彭帅也不介意这躺着中枪的事，他晃着大脑袋笑得眼睛月牙儿弯弯，鞠着九十度的躬向二位美女道歉。两个女孩也是心无城府，见他这么正式又搞笑的道歉方式，笑得没心没肺。彭帅在把他的腰弯下的那一刻就知道自己不虚此行，别说鞠一个躬，就是让他鞠一晚上躬他都乐意，他的心思和魂儿早就被对面的苏芳芳勾去了。

这一晚上，彭帅使出了看家本领活跃场上的气氛，就为了一个苏芳芳。

二

苏芳芳是老同学未来女友的闺蜜，名校毕业的高材生。本来毕业后，她想留在大城市，比如北上广发展，可是她是家中独女，父母爷爷奶奶姥姥姥爷视她若掌上明珠，说什么也不让她离家单打独斗。从苏芳芳的谈吐来看，她有着良好的家教，比起她的闺蜜，一个是市井女子，一个就是大家闺秀。老同学的未来女友让彭帅最看不上的不是说她比苏芳芳长得差一些，而是吃饭的时候，这位叫何淼淼的女孩，将每个菜都翻来翻去、挑来拣去地找自己喜欢的菜。苏芳芳呢，就只在自己眼前的这一小块菜里吃，绝不会伸着筷子去够远处的一根菜。彭帅在农村长大，可是他的奶奶出身大户人家，在特殊年代里，嫁给了他的农民爷爷，大多数人并不会因为环境的改变而忘记从小到大的教养，相反，他们会在有限的条件下，让这种刻在骨子里的教养发挥到极致。

彭帅的爷爷据说刚结婚的时候吃饭是吧嗒嘴的，后来被新婚妻子教育得“服服帖帖”，在家时不再蹲着吃饭，吃饭不再吧嗒嘴。后来看热播剧《父母爱情》的时候，彭帅对奶奶说，奶，这就是你和我爷的生活翻版。彭帅奶奶头都没抬地反问他，你爷是司令？彭帅知道奶奶的心思，奶奶一直觉得自己是“下嫁”，和爷爷门不当户不对，除了种庄稼、家务事、孩子，他们之间没有一点儿共同话题，几十年来，奶奶不遗余力地做着一件事，就是改造爷爷。从嫁进门，她就要爷爷和她学认字，爷爷看着新婚的妻子端庄迷人,她说什么都使劲点着头地说好。可是，一转身，他该做什么做什么，不想做什么就不做什么，奶奶教爷爷识字教了一辈子,爷爷加起来认识了不到二十个字。在彭帅的父亲兄弟几个相继出生后，他爷爷对他奶奶说，你有力气就教教儿子们，他们学成了比啥都强。奶奶刺啦刺啦纳着鞋垫子，脸憋得通红，说，这还用你说！彭帅的父亲和他的几个叔叔都是知书达理的人，最差的也是初中毕业，这在乡下是件了不起的事情。在闭塞的乡村和落后的年代，愿意在学习上花冤枉钱的人家并不多。当一个好农民,重要的是会干地里的活，认字不认字的没多大关系。但对彭帅奶奶这种出身大户的人来讲，钱最不重要，比钱更重要的是文化是功名。

彭帅也是弟兄三个，都上了大学，不过只有彭帅上的是个高价的大学，就是自费三本。以彭帅在中学时的表现，他能考上自费三本，家里人都大为惊奇，在他奶奶的教育理念下，多花几个学费没人觉得心疼。进了大学的彭帅，和中学时一样对课业并不感兴趣，是能逃的课坚决逃，不能逃的课想办法逃，逃不掉的课就补觉，离开了家人的束缚管教，他在学校充分发挥了“歪门邪道”的小聪明，天天在校外晃荡，发现大学里不愿住宿舍愿意单独出来租房的学生挺多，有为了考研奋斗的，也有为了早早过上二人世界的，于是他租了几套大户型的房子，把它们稍加改造，就成了好几间独立住房，面积都不大，仅够二人使用，卫生间厨房都是公用的，每间收个一百到二百不等的租金，收来的租金刨去给房主的房钱，剩下的竟然比给房主的还多。时间长了，彭帅这个二房东富得流油，竟然是他们那一届在校学生中第一个开上小汽车的人，虽然是辆过了几手的小奥拓。

就这么三天打鱼两天晒网的，彭帅拿到了大学毕业证，但是因为他的疏忽计算错了学分，结果选修课学分不够，学位证推迟了一年才拿到。能当上记者是因为彭帅在学校的时候在校报社待过一段日子，彭帅的文科一直在同级人里名列前矛，他能考上三本也是全靠了文科分奇高，刚进校的时候，他也是个文学青年，积极地在校报写稿子、拍照片、发消息，后来觉得搞文学实在是太穷才跑去折腾着挣钱。毕业时，他父亲托了熟人把他介绍到报社实习，他拿着自己在校报时发表的作品和照片顺利通过面试。彭帅算是同龄人里早熟的，他知道在学校里怎么混也能毕业，到了单位还瞎混就意味着会失业。于是，彭帅成了实习记者里最勤快最能吃苦的一个，再凭借自己的文科功底，他很快就成了记者里的佼佼者。

三

苏芳芳和彭帅截然不同。

她出身高知家庭。爷爷奶奶是大学教师；姥姥是中专教师，姥爷是处级干部；爸爸妈妈还是大学教师，而且都是博士。像这样的家庭竟然不允许孩子在大城市发展按常理是说不通也想不通的。这背后的原因就是他们家的世交唯一的孙女一个人在外工作时自杀了，到现在都搞不清楚原因，苏芳芳猜测多半是得了抑郁症，不管苏芳芳怎么和家人解释这只是特别小特别小的概率事件，在她身上绝不会发生，但是三家人就这么一个掌上明珠，残酷的现实面前怎么可能听得进去她的话，都说知识改变命运，在她家，苏芳芳说是知识阻挠命运。

苏芳芳赖在学校把书念到了无书可念，才万般不情愿地回到了生她养她的小城。博士毕业的苏芳芳作为高级人才被引进出版社工作。到了出版社，苏芳芳大可待在社领导身边工作，可她以干专业为由去了审读室，成了审读室里最年轻、学历最高、名副其实的才女。苏芳芳不愿意和人打交道，她说世界上最安全的就是书。

苏芳芳在外读书多年，在本地基本没什么朋友，只有几个高中同学还有些来往，而何淼淼算是个特例，她俩虽说是同学，也不过是在初三的时候同过一年班而已。可这一年，很奇怪的是，苏芳芳和何淼淼这两个在外人眼里脾气、秉性、家教截然不同的人，竟然处成了铁打的闺蜜。念了这么多年书的苏芳芳对此也是琢磨不透，想起何淼淼，她就想到一句话“这是科学的一块盲区”。

苏芳芳和何淼淼是坐实的闺蜜。她们之间什么都分享，唯独苏芳芳的感情世界，何淼淼从来没有走进去过。这么多年除了在外读书的苏芳芳假期回来她们会腻在一起，平时也会时不时视频聊天，可是在感情这件事上，只有何淼淼会不时地给苏芳芳汇报一下最近又在交往一个什么人,还是又和什么人吹了，苏芳芳回她的永远都是一句话——没有对眼的。何淼淼也从来不刨根问底地追着苏芳芳问个没完没了。这或许才是她们成为闺蜜的秘密武器，而不是像苏芳芳想得那样复杂。

苏芳芳终于学成归来，何淼淼拉着她已经见过了几次正在追求她的人。在苏芳芳眼里，这些人和何淼淼都算般配，可何淼淼好像对般配不感兴趣，她要的是一个能让她的生活迈向崭新台阶的人。在社会上已经摸爬滚打多年的何淼淼对金钱对地位有着更深刻的理解，她对苏芳芳说，亲，世界上最卑微最可怜的就是平头百姓，就像轰隆隆的割草机掠过的草地一样，不仅要受精神折磨还要遭受肉体的伤害。苏芳芳知道何淼淼不是无病呻吟，这些年，她经历了上司的欺凌、前男友的背叛和母亲重病时四处借钱的低三下四，这些事哪一件放在一个普通女孩身上都得划一道深深的伤口，何淼淼太不容易了。对于何淼淼，苏芳芳的心里更多的是一种对弱势者的同情与心痛，然而她们不同的是，何淼淼的伤看得见，她苏芳芳的伤看不见。

四

彭帅对苏芳芳展开了猛烈的追求。

彭帅有一个信念就是老家人说的，好女怕人缠。在他看来，像苏芳芳这样清高型的女子，看似拒人于千里之外，其实她们的内心很孤独，渴望有人走近她们。所以，大街上你会看到很多男的很帅女的很一般，或者女的很漂亮男的很一般的情侣、夫妻，彭帅对朋友说，这是人类社会的平衡法则，知道吗，要不然，社会就会演变成不是丑就是俊的两极分化的世界。这是彭帅在酒后对朋友的高谈阔论，细琢磨，好像也是这么个道理。

俗套的，高雅的，彭帅花尽心思，费尽心力终于“抱得美人归”，赢得了苏芳芳的一句“处处看吧”。这边何淼淼和彭帅的同学却是早早地分道扬镳了，何淼淼此时正沉浸在和一个富二代的浪漫爱情里。对苏芳芳的选择，何淼淼很惊讶，但没过分地表露出来，在她看来，苏芳芳的那句“处处看吧”不过是闲得无聊时给自己找点事做罢了，从大城市回到这个三线小城市，“这里太无聊了”是苏芳芳经常挂在嘴边的一句话。

这一日，彭帅和高中同学聚会，大家提前约定有女朋友的都不准带女朋友，于是苏芳芳被何淼淼拉去参加富二代的另一个派对。同学聚会，一般开场先是回忆过去做过的那些无厘头的往事，到了后面都差不多喝高了就开始互喷互吹，不知是哪个同学发神经突然喊了一句，说，你们这些有女朋友的哪一个敢查一下她们之前有没有开房记录！这一帮男同学，噢一声炸了窝，喊着谁查过？谁查过？谁敢查！谁敢查！

我查过！坐在角落里的一个男同学喊了一句，顺便还扔了个酒瓶子。这群人瞬时安静了下来。在男同学一脸痛苦地讲述里，大家才明白了事情的原委：这个事也不是他主动想起来要查的，是他的一个干公安的亲戚，在查案子的时候带出来了他女友的开房记录，这个亲戚回家说给了他老婆，他老婆又传给了同学的母亲，结果不用说也知道，两个人一刀两断。

嗨，别想了，哥们，天涯何处无芳草，吹了再找好的！彭帅的话打破了僵局，大家又你一杯我一杯地喝了起来。

这种事说的人无心，当个笑谈，听的人却放在了心上。

彭帅这个大脑袋就开始瞎琢磨，女友苏芳芳这么漂亮，这些年一直在大城市。彭帅这个从乡村走进城市的年轻人，骨子里还是很介意这些的。

最近，单位领导正好安排他跟公安上的一个案子做跟踪报道，琢磨来琢磨去，他鬼推着一样偷偷地复印了苏芳芳的身份证，找了个借口，央求认识的民警帮他查一下。

这一查不要紧，看了记录单，彭帅气疯了！苏芳芳在宾馆的记录不多，就两次，都是在本地，可是其中的一次竟然是在和他交往之后的，但是他自己知道除了和苏芳芳接个吻，其他的他们还真是什么都没有过。彭帅回忆那个日期，他一看，正是他和高中同学聚会，何淼淼拉着苏芳芳去参加派对的那天。怪不得那天和同学喝完酒，彭帅先是给苏芳芳打电话没人接，后来就关了机，第二天苏芳芳才回电话说手机没电了，自己喝的有点多回来就睡觉了。这么看来，苏芳芳不是在家睡觉的，而是去宾馆开房了！

五

苏芳芳怎么也没有想到彭帅会做出这种事。这个在她眼里从农村读书出来、内心淳朴、只是外表看来有些油腔滑调的人，竟然对她做出了这种在她眼里形同把她在众人的眼皮下扒光的奇耻大辱的事情。苏芳芳狠狠地掴了彭帅一耳光，撕碎了他拿来找她质问的开房记录，怒吼了一声：滚！

苏芳芳的这一耳光下去，彭帅就醒了。他为自己的愚蠢和鲁莽后悔不已。他没脸去挽留苏芳芳，眼睁睁地看着苏芳芳怒冲冲地上了出租车。

清醒后的彭帅，第一时间想到了何淼淼。何淼淼好像对彭帅能做出这种事来一点都不奇怪，她看彭帅的眼神全是鄙夷。她对彭帅说，本来她根本不屑于对他解释什么，苏芳芳是什么样的人根本不需要解释。但是，何淼淼无比轻视地瞥了一眼彭帅，接着说，我不说你就不会死心，还会继续纠缠芳芳。

事情根本不是彭帅想象中的复杂与不堪。高中同学聚会那天，不过是在派对上何淼淼喝多了，闹着不愿回家，没办法的苏芳芳只能把她带到了宾馆。而那次略微久远的开房记录则是，苏芳芳家来了远房亲戚，家里住不下，她就出去住了宾馆，并且打电话叫来了何淼淼陪她。在彭帅眼里龌龊不堪的两次开房记录，竟如此简单，如此单纯。

彭帅后来厚着脸皮硬着头皮去追着求过苏芳芳，他以为苏芳芳气消了就会原谅他，可是一次又一次，苏芳芳的态度是越来越坚定越来越冷漠。最后一次，是个平安夜，在出版社的大楼下，彭帅堵住了苏芳芳，他一脸憔悴，带着哭腔问苏芳芳，难道你要我给你跪下你才肯原谅我吗？

苏芳芳的眼睛根本没看彭帅这个人，她的眼神空洞冷漠，仿佛眼前的一切都是透明的不存在的。

苏芳芳的声音好像来自外太空一样，缥缈空茫，她说，没这个必要，我们已经结束了，结束了就让各自都体面些吧。说完，转身离去，走出几米远的苏芳芳回头对彭帅扔下了最后一句话：你怎么不查一下你自己呢？

彭帅闻言僵在了那里，一动不动。

苏菲的小酒馆

苏曼的酒馆开在小巷，是一个闲置的车库改造而成的。

酒馆不大，也没法大，车库就那么大。车库的主人，苏曼的好朋友沈菲菲，飞了美国，把房子和车库留给苏曼打理。车库的原住户，一辆红色小跑，因为沈菲菲突然出国而被收回，车子是沈菲菲当时的男友送的情人节礼物，已经过了三手。沈菲菲把家门钥匙交给苏曼的时候，紧紧拥抱着她说，忘了吧，都忘了，重新开始，要活得精彩。

苏曼很感激沈菲菲，这个在所有人眼里的拜金女让她在这个城市有了属于自己的窝。苏曼在这座城市上学、工作整整十年，总算是有了自己的家。

房子是老房子，房产证上面积不大，实际容积很大，空间布局合理，在家属院的中间，闹中取静。这是沈菲菲的爷爷留给她的财产。据说沈菲菲父亲当年上演了一出陈世美，沈菲菲爷爷军人出身，疾恶如仇，对儿子抛弃糟糠之妻的行为很是不耻，等沈菲菲一成人，老爷子就把名下房产过户到孙女名下，给那个插足别人婚姻的“狐狸精”生的孙子一个子也没留，“狐狸精”是老爷子对沈菲菲继母的称呼。就因为这样，沈菲菲父亲对沈菲菲也是颇有微词，觉得是女儿背后挑唆的爷爷。后来，这个城市的房价像疯了一样涨，沈菲菲父亲和继母更加愤恨，逐渐和沈菲菲断了来往，沈菲菲和母亲倒是落个清净。

去年夏天，沈菲菲和母亲出去遛弯，司机酒驾把正在过人行道的母亲撞飞，沈菲菲当时在路口买烤红薯，那天也是怪，沈菲菲让母亲等她买了红薯一起过，她却非要自己先过马路。举着烤红薯的沈菲菲眼看着母亲画了一道抛物线又重重地落在地上，再没有醒来。母亲的意外，让沈菲菲极为伤痛。她得到了一大笔的赔偿，也因此有了出国的钱。沈菲菲是学服装设计的，出国深造服装设计一直是沈菲菲的梦想，这也是她一直想找一个有钱人的重要原因，因为出国需要一大笔钱。可是造化弄人的却是母亲用命实现了她的梦想。

车库也是当年单位分给老爷子的福利，老爷子是离休干部。在寸土寸金的今天，车位都是天价，何况相当于一间房的车库，关键是车库也有房本，老爷子同步过给了沈菲菲，否则，沈菲菲和父亲之间想必会有一出争车库的闹剧。老爷子也不枉一世英明。想把车库改成酒馆，是苏曼外出旅游受到的启发。苏曼没有车，车库一直闲着。苏曼算了算将车库改造成小酒馆有个十万块就够了，她手头刚好有这么一笔闲钱。苏曼开酒馆的最主要目的是可以打发夜晚漫长的时光，她被失眠折磨太久了。

苏曼发微信给沈菲菲说了她的想法。等了好几天，沈菲菲回了两个字：随便。

苏曼晓得沈菲菲很忙，天天飞来飞去参加各种服装展，就是捞不到大展，可沈菲菲不怕辛苦，她对苏曼说，年轻，一切指日可待。苏曼很欣赏沈菲菲这股子劲，虽然她认为沈菲菲在服装设计上少一些才华，可是老天总不会辜负努力的人吧。苏曼和沈菲菲属于两种性格的人。苏曼性子温和，做事慢条斯理，不疾不徐。沈菲菲性子烈一些，做事雷厉风行，说到做到。沈菲菲的母亲生前总说她俩是互补型姐妹，要是有一个是男孩就好了，会很般配。这个时候沈菲菲总是抱着母亲的脖子，嘟着嘴说，我们这样也很般配啊，妈妈，你多一个女儿不好吗？每次看到她们娘俩腻味的样子，像一块刚刚烘焙出炉的蛋糕，散发着温热的甜香，苏曼都很羡慕。想起自己的母亲，苏曼眼前就会出现一个吊着眉毛，手里握着锅铲，大声嚷嚷的略微肥硕的女人，她总是在抱怨呵斥，好像生活欠了她几车皮的账，还也还不清。

苏曼想来想去找了一家装饰公司，虽然贵一些，可是不用太操心，苏曼只要看好效果图，剩下的就交给他们来做。开酒馆这个事，苏曼不想惊动单位，怎么说自己也是公职人员，就算是搞文艺事业的，开酒馆也有点不务正业的感觉。苏曼给酒馆起名“苏菲的小酒馆”，车库是沈菲菲的，理所当然的有她的一份。小酒馆内饰比较简约，但是很有调调，苏曼给酒馆订的啤酒都是市面上比较高档的，一罐在四十左右，至于红酒，价格参差不齐，但是最低端的也只有白领能喝得起。苏曼不想酒馆里坐满无所事事拼酒打发时间的闲人，这样的客人素质一般不会高，还动不动就可能喝得六亲不认，秒变酒傻子一枚，她一个女人没精力也没胆量应对这样的人和事。因为酒馆没有房租这一笔大的开支，客人就是少点苏曼也认为问题不大，反正她是为打发时光，能保本就行。就在苏曼想着得招个人管理酒馆的时候，一个小伙子找到了她。小伙子理着板寸，身体健硕，一身的疙瘩肉，苏曼对这样的男性无来由地有些怕，她喜欢身材修长，体型适中的，有点肥而不腻的那种。小伙子自我介绍叫光仔，说是菲菲姐让他来帮曼姐开酒吧。苏曼拍了光仔的照片发给沈菲菲，很快沈菲菲回了信息：“光仔很可靠，放心用。”光仔冲苏曼做个鬼脸说，这回信了吧。苏曼有点不好意思地笑笑。光仔一点也不介意，开始在酒馆转来转去地看。

“姐，要去办消防安全许可证，这个我去办，你不用管。”

“姐，要找啤酒、红酒、小食品这些个供应商，这个我熟，我来。”

“姐，要买杯子、盘子、消毒柜、筷子、勺子等等的餐具，还有酒具……”

光仔一口气说了苏曼需要办的很多事，其中有一些苏曼想到了，有一些苏曼压根不了解。苏曼在心里默默地感念着沈菲菲，这个看似风风火火的女子其实粗中有细，光仔来得恰到好处。在和光仔的闲谈中，苏曼明显感觉出光仔对沈菲菲那种高于欣赏高于姐弟关系的爱慕之情，但她也隐隐地体察到光仔在沈菲菲面前是有些自卑的，沈菲菲在他眼里就是女神。在光仔的协助下，苏曼的酒馆很快就进入了试营业。

苏曼一直有严重的失眠，说是失眠好像也不太恰当。苏曼从小就是那种瞌睡比较少的小孩，她母亲总说她脑筋不灵光认人不清就是因为小时候睡得太少，脑子没有好好发育。苏曼对母亲的谬论不置可否，她所谓的不灵光，还不就是苏曼被初恋男友骗了钱财骗了感情吗。苏曼长大后也属于瞌睡少的人，但是她有个特点，就是每个月会有那么一天睡得昏天黑地，仿佛要把这欠下的睡眠全补回来。苏曼是个内向的人，不太言语，看起来温温的，但是她喜欢酒吧这样的氛围，要是遇到一个有格调的酒吧，苏曼可以一个人不疾不徐地品一瓶红酒。说起来，苏曼和初恋男友的故事很老套，重感情的苏曼被重名利的男友始乱终弃，大家都劝苏曼走出来，不要为这样一个渣男浪费青春，然而，很多年过去，苏曼过了三十大关，还是孑然一人，她不是走不出这段感情，而是她的心再进不来其他人，男友对她的伤害为她的心穿上了厚厚的盔甲，苏曼在自己的世界里徜徉着。沈菲菲临走时抱着她说的“忘了吧，都忘了，重新开始，要活得精彩”一直回旋在苏曼的脑海里，苏曼想：现在的自己是已经忘了还是不愿想起呢？

酒馆试营业后，顾客一直不多不少，想来是价格的影响。但是一切都像苏曼想的那样，渐渐地有了一些固定的酒客。有一个人吸引了苏曼的注意力。这个人是苏曼的邻居。苏曼住三楼。他住四楼。只要苏曼在家的日子，楼上总会传来摔摔绊绊和女人的训斥声，她不是在训孩子就是在抱怨男人。从男子总是一身制服、头发一丝不苟的模样，苏曼猜他是个银行职员或者保险员。男子每周五固定来酒馆，找一个角落，要一瓶价格不上不下的红酒慢慢品。喝酒的时候，男子从来不看手机，握着酒杯窝在沙发里，静静地听苏曼放的音乐。有一回苏曼放了电影《人鬼情未了》的主题曲《unchained melody》，男子竟流了泪，擦泪时，撞见苏曼在看他，他不好意思地喝了一大口酒。就是男子脸上一囧的表情，像极了苏曼心底的那个别人称作“渣男”的初恋男友。那一刻苏曼对男子的同情，唤醒了在心底沉睡的男友。苏曼从未记恨过他，她能理解他的选择，就像他说的“真的是穷怕了”，所以当有一个可以让他少奋斗二十年的女子出现时，他抛弃了和他一样贫穷的苏曼是多么的正常。苏曼有时候想，要是有一个高富帅出现在他们之间，她或许也是会动摇的，趋利避害是人和动物的本能吧，谁又比谁更高尚一点呢。苏曼看着流泪的男子，如同男友在她面前流下了悔恨的泪水，虽然他选择了富裕的生活，可是生活的全部并不是金钱，钱满足了他的虚荣，却填充不了他的爱欲。苏曼喊来光仔给男子送了个果盘，为了不引起男子的疑心，苏曼当天给每桌都送了果盘。男子结账时，对苏曼说，谢谢你的果盘，亲爱的邻居。原来男子知道苏曼就住在他的楼下。苏曼听到“亲爱的”三个字时，脸红了。

男子的姓是个复姓——欧阳，叫欧阳湘，湘字取意他的祖籍湖南。他不是银行职员也不是保险员，只是一个平常的公务员。他和妻子是网络情缘，为了爱情，他抛下湖南的父母跟随妻子来到这个边远城市，妻子是独生女，他还有一个哥哥。妻子家也并没有显赫的家世，他的岳父母也不过是普通的石油工人，双双退休在家，欧阳湘凭着自己的努力考上了公务员，最初的几年他干着销售的工作，常年在外面跑，钱挣了一些人也累得够呛。前几年终于功夫不负有心人，得偿所愿考到了一个冷门单位，工资虽少，可是夫妻俩不用再聚少离多，他也不再受奔波之苦。“我以为总算等来了安稳日子，可是生活的耳光一记比一记响亮。”欧阳湘大口咽了杯中的红酒，对着苏曼蹙眉苦笑。

欧阳湘有了稳定的工作，每日和妻子朝夕相待，他反而觉得妻子没有两地分居时亲密，那时候他每次出差回来，妻子都像影子一样随着他转，一刻也不愿分开。现在他回来了，却生分了。欧阳湘一天天感觉到妻子对他的疏离，他心里憋得慌，又找不到出口。于是，他把女儿从岳父母那里接回来自己带，以前他们都是周末才接回来，现在是周末才送过去。欧阳湘想用女儿做黏合剂，将他们再紧紧地黏在一起。女儿的回来妻子并不乐意，她认为欧阳湘是没事找事，趁年轻他们应该多做点事，这么儿女情长的有什么出息。既然女儿是他接回来的，就由他来管吧，所以大部分时间都是欧阳湘在带女儿，妻子带一阵孩子就没了耐心，不是训孩子就是抱怨他，也就是苏曼常听到的楼上的动静。日夜都待在家中的两年多里，欧阳湘才渐渐明白他和妻子的网络情缘，注定只适合两地分飞的生活，他虽然是个重家庭胜过事业的人，但妻子却是一个外交型人格，她不愿受家庭生活的束缚，她喜欢以前那种短暂的相聚，让她永葆新鲜感，她喜欢和丈夫像情人一样相处的日子，既相互独立又彼此拥有。而现在朝夕相处的生活，每日里没完没了的柴米油盐，让她度日如年。她讨厌一整夜耳边都是打呼噜的声音，一天又一天，她厌烦每日丈夫发来的今天想吃什么的信息，他在的每一日，她的手就永远泡在水里，家里的活多了一倍又一倍。她憎恶他总是擦完手把毛巾随手一丢，上完厕所尿液滴在马桶圈上，黄黄的一坨让她反胃。以前他也是这样，但那是一年里仅有的几天时光，这些缺点都会被小别胜新婚的新鲜蒙蔽，而现在的朝夕相处，一天又一天的没完没了，这些就像长在一个人脸上的麻子，随着时间的推移，一点点加深，一点点放大，变成最后的歇斯底里。

为了缓和他们的关系，他提出和妻子做周末情人，就是说到了周末,孩子会被姥姥姥爷接回去,他们二人就各过各的周末，如果他们中有一方想和对方一起过周末，就发一个信息：今天做我的情人吧。对方回复：好啊。那他们就可以过周末情人日。他提出的这个建议，妻子脸上很诧异，嘴里却咕哝着，总算开了窍，欣然接受。然而从那一天起，他们就再没有在一起过过周末，欧阳湘对苏曼说，我就想看看她到什么时候才会主动给我发信息。苏曼明白到今天他也没等到，因为他还是在她的小酒馆里打发着每个周末的寂寞时光。苏曼以为这个和前男友一样带着囧气笑容的男人有着和他们相似的爱情故事，可事实却是大相径庭。她对这个楼上的男人渐渐地失去了兴趣。欧阳湘也看出来苏曼对他的倦怠，他并没有计较，苏曼这样清高型的女人，在他心里就像那天上的风筝，只要线在自己手上，就任她去飞舞吧。原本苏曼就如同摆在橱窗里的细瓷，远远地欣赏着美好才能一直在心里驻扎。欧阳湘不是个贪心的男人，他懂得享有比占有会更幸福。对妻子，他何尝不是如此呢。

这一段时间，苏曼的单位在进行机构改革，事情千头万绪，苏曼也以此找了理由不去打理酒馆，把酒馆交给了光仔。光仔每天会给她报一下账目，苏曼发现酒馆的生意一天比一天好，苏曼想可能之前她总在店里，光仔放不开手脚做，现在苏曼不在，酒馆就是他的天下，他就得做出点成绩给苏曼看，更是给远在国外的沈菲菲看。这些日子，苏曼早出晚归，泡在单位的文山会海里，每天改不完的材料，回到家泡个热水澡倒头就睡。早上刷牙的时候，苏曼看着镜子里的自己，心里暗暗失笑，以前的自己总是失眠啊睡不着觉啊，说到底还是单位太清闲了，这次来了新领导搞机构改革，原本一个懒散的文艺单位搞得和行政机关一样，丁是丁卯是卯，上下班要刷脸，每周一雷打不动半天政治学习，半天业务学习，还要写心得体会，隔一周要挨个发言、谈感想。苏曼和其他同事以前哪经历过这阵势，哪次学习不是应付应付了事。

苏曼刚进单位的时候，在办公室待过两年，后来转到其他科室，苏曼在写材料上还是有点天赋的，她当时只是看不惯办公室主任的做派，和主任格格不入，索性调了科室相安无事。新领导到任后，根据每次的学习发言，认定苏曼是个写材料的坯子，有意栽培她，这次机构改革相关的大块头材料都由苏曼执笔，办公室主任反而被冷落了。主任心里不服，可笔头子不硬气，只能忍着不发作。苏曼生性闲散又孤傲，不适合管人，但她愿意做挑战性的工作，就像这种大部头的材料，每完成一个都能受到别人的赏识，她的满足感和自豪感溢于言表，说到底人都是有点虚荣心的。而对于领导交给她的其他实权性事务，她都推给了办公室主任，苏曼的态度领导有点儿失望，但却赢得了主任的好感，他不再为难苏曼，对苏曼也是客气有加，苏曼的任务虽然重，但是因为主任的支持，也做得游刃有余。

这一日，苏曼回家较早，正是酒馆上人的时候，苏曼隔着老远就听见里面猜拳行令不亦乐乎。这是怎么搞的？光仔不知道苏曼从开酒馆的第一天起就立下规矩不允许在店内猜拳行令吗？苏曼想要的是一个纯粹的文艺范儿酒馆。苏曼加快步子，咯噔咯噔气冲冲进了酒馆。眼前的一幕，气得苏曼两眼发花，手扶住吧台才站稳了。吧台上几个陌生的罐子让苏曼脑袋充血，什么女儿红、竹叶青、虎骨酒、青梅酒，这都是什么东西！还有一股肉香扑面而来，天哪，在几个罐子旁边，竟然摆了一锅热腾腾的煮牛肉，还有一盆油炸花生米，再看里面的酒客，个个桌子上摆着花生米、熟牛肉，那喝酒的酒器竟然和梁山好汉一样用的是黑色的泛着呆气的瓷碗。酒客们面红耳赤，举起瓷碗个个豪气冲天。这天寒地冻的，还有人光着膀子在喝。细看那人，苏曼的眼珠子差点掉到了酒罐子里，那人竟是欧阳湘。

和欧阳湘对饮的不是别人正是光仔。光仔背对着苏曼，苏曼的眼睛直勾勾地盯着欧阳湘，欧阳湘举起的酒碗放了下来，他慌里慌张拿起沙发上的衣服往身上套，光仔感觉到了异样，回头正好迎上苏曼的怒不可遏。光仔的板寸剃成了光头，成了名副其实的光仔。光仔一蹦三跳地到了苏曼面前，低着头不停地摸着自己的光脑袋，苏曼撂下一句：明天停业整顿。咯噔咯噔，苏曼转身扬长而去。

第二日，酒馆并没有停业整顿，只是“苏菲的小酒馆”这个长长的木头招牌被锯掉了一半，变成了“小酒馆”。当天夜里，苏曼收到了沈菲菲的一封邮件，邮件里写了她这些年在国外的辛苦和入不敷出的难熬的日子，最近一段时间全靠光仔给她经济支持，她才能有饭吃有力气跑服装秀。沈菲菲说，她和苏曼一样都是有情怀的人，可是情怀是要钱去支撑的。如果不是她的免费车库，免费住房，苏曼的情怀不也是一钱不值吗？

从那天起，苏曼每个月会定期给沈菲菲打去房租，酒馆也彻底交给了光仔打理，她只是按她当初的投入拿自己的分红。楼上也很久没有了吵闹声，据光仔说，欧阳大哥离婚了。苏曼偶尔碰见欧阳湘带着女儿去上幼儿园，也远远地绕开，和他不再有任何交集。

小嫂子

一

小嫂子夫家姓张，本姓李，族谱上她被称作张李氏。小嫂子是小哥哥的婆姨，理所当然的她就是小嫂子，没人记得也没人去问她的名与姓。偌大的张家村，竟也只她一个小嫂子，别人都是谁的娘，谁的婆姨，整个村子的人无论老少都称她小嫂子，只不过长者一般会加个“他”字，喊做“他小嫂子”，没人觉得不对，没人觉得别扭，就像村口的两棵大槐树，是全村公认的老物事。

小嫂子矮胖，到处鼓鼓囊囊的，眼睛小，却看不出精明，只透着点机灵和可爱。皮肤虽然整日里地里家里地忙活，也没觉得粗糙和黑乎乎的，反而白里透些红，用城里人的话说就是满满的胶原蛋白。

张家村说大不大，说小不小，百十来户人家，家家姓张。村里的地不少，水也沾了祖上的福气，一条大坝为村里一年四季拦下了供吃供喝的水，从村里最年长的张老太爷记事起，村里的收成都是能满足温饱的。就是大灾的那几年，村子也比其他地方好些，不管稠稀总是能混饱肚子。这也就是这么多年村子里来了一个又一个外姓姑娘，却没一个男子跑出去讨婆姨的原因。有那么几户没儿子的人家还因此招进来几个外姓女婿，倒插门的女婿生下的孩子按祖律必定是姓张，所以张姓在这个村牢固得很。

小嫂子是小哥哥出去打工领回来的婆姨，小哥哥是村子里出门打工的第一人，倒不是他多么地有魄力有想法，是因为他的母亲得了癌症，为了看病，家里家外变得一贫如洗不说还欠了一屁股债。这样的家境待在村里肯定是讨不上婆姨的，在带着母亲四处投医问诊的时候，小哥哥接触到了很多的打工汉，日子久了，他们和他有了一些交情，就劝他，人挪活树挪死，与其在村里打一辈子光棍不如出来碰碰运气。常言说，听人劝吃饱饭。小哥哥想想大家说的理很对，于是安顿好家里就出了门，他没有技术，到了工地只能干小工，就是背砖、和泥等出死力气的活，工钱比有技术的大工差些，可和在家里钱只出不进比起来，强多了。那时候小嫂子在工地做饭，到处鼓鼓囊囊的她洋溢着少女的蓬勃的青春气息。走到哪儿都会有火辣辣的目光落在她的胸脯上、屁股上，更有那骚情的直接冲她唱起了酸曲，小嫂子也是女子里泼辣的一个，虽然还是个大姑娘，可听着酸曲却没害臊，反而把那两根大辫子在胸前甩来甩去，颤颤抖抖地更加撩人心火。

打工汉里小哥哥属于沉默寡言型，但他长了一张帅气的面庞，国字脸棱角分明，尤其是那两道剑眉更加透着精神。小哥哥也喜欢这个肉乎乎的女子，他欢喜她逢人就笑的好性格，在家里时因为母亲的病，整个家成天地浸泡在药水里，抬眼闭眼都是母亲黄寡寡的脸和父亲蹙紧眉头的黑面包公脸，很少有个笑模样。到了工地上，虽然干的是最苦最累的活，可是每次打饭时这个女子的笑容就好像一道光打进小哥哥的心里，照得他亮堂堂的。他喜欢上了这个做饭的女子，可他不会像别人那样调笑她逗弄她，有时候听到有人说出很过分的玩笑话，他会默默捏紧拳头，嘴里还会骂骂咧咧的！

小哥哥嘴不巧，可是他心里有谱，懂得为女子分担活计，他悄悄地为胖女子做了很多活计，追女人上，小哥哥算是个实干派。他会悄悄地把厨房里的水缸打满了水，把烧饭的柴和炭码得顺顺溜溜，把厨房门口的小块空地扫得干干净净，他想帮她刷碗，又怕太明显招其他工友嘲笑，他就每次很自觉地把自己的碗刷得锃亮。胖女子慢慢地也关注到了这个老实本分、长相帅气的年轻人，为了感谢他，她在打饭的时候会偷偷地多给他一些荤腥，这点小恩惠可是给了小哥哥莫大的鼓舞。

过了不多久，进入了雨季，工地上隔三差五停工，打工汉们停了工就喝大酒、聊女人、睡大觉，雨天就是他们的神仙日子。小哥哥是初中毕业，他还是在县里上的初中。上学的时候，他看过别人追女朋友，除了帮忙做值日，还要送个小礼物、看个电影啥的。这天又是雨天，小哥哥一大早就跑到电影院买电影票，去得太早电影院没开门。他就在周围溜达，有几家小店开了门，小哥哥看见一家店是卖饰品的，就进去挑了个好看的发夹和一把五颜六色的扎头用的皮筋。买东西的时候，他问小店员电影院啥时候开门卖票。小店员听他说是来买电影票的，就上下打量了他一番，说，我看你也是个打工的，你可能不晓得，现在的电影两个人看下来得一百多块钱吧，你不如去前面街拐角的那家小录像厅，一个人才十块钱，随便看多长时间都行。小哥哥没想到现在看一场电影这么贵，为了表达对小店员的感激，他又买了一盒抹脸油，省下的就是赚到的，这个道理他懂。

回到工地，趁没人的时候，他把东西和录像厅的门票塞给了在厨房边嗑瓜子边拣韭菜的胖女子。下午吃了饭，他早早地就在工地的大门外徘徊，等了很长时间，他才看见那个熟悉的圆滚滚的身体从工地大门挤了出来。他没有迎上去，而是不快不慢地走在她前面给她引路。录像厅里人不多，昏暗的灯光下，大都是两个紧紧依偎的身体，说到底来这里的基本都不是冲着看录像来的，是来谈情的来说爱的。录像厅不像电影院凭票按座位号坐，这里只要有空位就随便挑着坐，胖女子挑了个角落坐下，小哥哥把在门口买的爆米花递给胖女子，他又红着脸坐在了胖女子旁边。“小张，你也吃。”胖女子把爆米花递到小哥哥面前，依然冲他乐呵呵一笑。“小李，你吃，你吃，我不爱吃……”小哥哥第一次这么近距离地看这个胖女子，除了觉得她的笑好看，还发现她的眼睛真的很小，牙也有点黄。

录像开演了，先是一个喜剧片，片子很老，小哥哥看着没多大意思，可是胖女子看得笑出了眼泪，边笑边捣他说，真可笑，真可笑，这个人太可笑了。片子快结束的时候，前面有人冲放录像的人喊，兄弟，拿这片子哄人啊，放点好的来！小哥哥以为他们嫌这片子太老太旧，心里想有人敢提意见就行。新片子放出来了,尺度大得小哥哥的眼睛不知道该睁着还是闭着，他低着头，一双手搓着粗壮的大腿，一个劲说着，对不起，对不起，我不知道他们会放这个，咱们回去吧。没想到，胖女子往他这边靠了靠说，再看会儿吧。

二

小嫂子没什么娘家人。她亲娘在她很小的时候就去世了，父亲娶了新娘，就把她寄养在爷爷奶奶家。小嫂子因此少了受后娘气的日子，她在爷爷奶奶身边无忧无虑长大也算是她的造化。这或许也是她逢人爱笑的原因吧。小嫂子不爱读书，好不容易熬到初中毕业就和同乡的姐妹出来打工，她在外面做工的几年里，家里的爷爷奶奶相继离世，她和父亲的关系本就生疏，自此便没了回乡的念头。

小哥哥虽然家境贫寒，可她并不嫌弃，她喜欢这个温厚的男人，她太渴望有个家了，有个属于自己的温暖的家。她和小哥哥在工地上举行了简单的婚礼，请工友们吃了一顿喜宴，就把一生交给了小哥哥。以自己的家庭状况，小哥哥想都没敢想过这辈子还能娶上媳妇，每晚抱着身边这个圆嘟嘟肉乎乎的女人的身体时，他都觉得像在做梦，总是偷偷地掐自己一把才敢相信。幸福的日子过得很快，小嫂子依旧在工地做饭，小哥哥搬砖和泥，可是那些工友里还是有些骚情家伙总找机会调笑一下小嫂子，小嫂子心大，和以前一样和他们开个玩笑逗个乐子。小哥哥因为家里穷本就有点儿自卑，还有点儿大男子主义，为了这个事他们时不时会有些争吵。这一日，砌墙的瓦工和老乡出去喝了点酒，回来的时候看见小嫂子撅着屁股淘洗衣服，小嫂子人胖可又很喜欢穿那种紧身的短小的衣服，搞得她只要身子弯下去腰那里就会露出白花花的一截子，她和小哥哥回乡务农的那段日子里没少为这事吵闹。那喝了酒回来的瓦工看着小嫂子腰部那雪白的一截子，和她在淘洗衣服时一颤一颤地抖动着的肥硕的屁股，男性欲望在那一刻借着酒劲暴发了，他从小嫂子的身后过去照着小嫂子的屁股就是一巴掌，还迅速地在小嫂子的腰腹部抓了一把，小嫂子尖叫一声，抡着手上的湿衣服和瓦工打了起来，这一幕恰恰被从外面回来的小哥哥看了个清楚，他二话不说，一砖头上去就把瓦工的脑袋开了瓢。这个事情虽然是小哥哥伤人错大，但因为瓦工酒后失德有错在先，最后在工头的调停下，小哥哥给瓦工赔了医药费和一些误工补助才了了事。

这次事件后，小哥哥无论如何不愿意再在城里四处打工讨生活，他说家里再不好，至少不用受气受欺侮。嫁鸡随鸡嫁狗随狗，小嫂子骨子里还是很传统的。她见小哥哥心意已决，就收拾好二人的行囊，跟着小哥哥回了老家。小哥哥出门的时候是一个人，回到村里竟变成了两个人，他带回来了一个肉墩墩笑眯眯的媳妇。村里人都夸小哥哥有本事，说你看那女子的屁股，怎么也能生两个小子。小哥哥的父母也高兴地要给他们再张罗一次喜宴。这次喜宴让全村人见识了小嫂子左右逢源的本事，他们都在心里暗暗琢磨，这个肉乎乎的小个子女子可比他们村里的女子聪明又老到啊。老一辈的叼着新媳妇点的喜烟，捻着下巴上的山羊胡说，二糊涂这小子比他老子有福气哇。二糊涂就是小哥哥，因为他生下来时他娘没有奶水，他就靠着他奶熬的糊涂长大，照着村里的老规矩，像这种生下来就怕养不大的娃最好给起个烂名才好养活，于是小哥哥他奶抱着他边给他喂糊涂边冲他哼着：二糊涂，二糊涂，喝了糊涂好长大……二糊涂这个赖名字就成了小哥哥的乳名,村里人都喊他二糊涂，没人喊他张国泰。

喜宴过后，小嫂子就开始了在张家村下地劳作、伺候老人的日子。

小哥哥弟兄两个，大哥和他年龄差六岁，那是因为中间还有两个女娃没坐住胎，所以时隔六年才有了小哥哥。大哥在母亲生病前已经成家，农村人本来结婚就早，加上家里没劳力，大哥没怎么念书很早就辍学在家帮父亲种地，成家也就更早了些。大哥成家的时候村里给他划了块宅基地，父亲给张罗着盖了三间房，从那以后，大哥就另起炉灶过起了自己的小日子。后来母亲生病，小哥哥勉勉强强念完初中就回家帮父亲撑起家业。大哥是个老实人，什么都听大嫂的，大嫂这个人心不坏就是心眼有点多，精于打个小算盘。母亲这些年生病，大哥除了帮父亲种种地，出点苦力，钱是一分都从大嫂那要不来，基本都是靠借账和父亲种地、小哥哥四处打工赚的钱治病，所以小哥哥能娶到小嫂子全家人都跟着松口气。

小哥哥回家后自然是和父母住在一起，他们家拿不出钱给他俩像大哥当年一样另造一处院子。张家的院子四四方方，规规矩矩，只有南北三间老房，是小哥哥爹妈成亲时盖的土坯房，年久失修，房子从里到外都黑漆漆的，不知为什么这三间房盖得比其他人家的高，有点像小哥哥他们在城里打工时盖的营业房，房子高，可是又只在中间垂挂了一个瓦数不高的灯泡，天长日久的灯泡表面还布满了一层厚厚的尘垢，天黑后就是开了灯屋子也是昏暗得很。加之小哥哥的母亲生病后房子里终日飘着中药味，这老房子就更显得破败，还带着一股酸腐味。麻利的小嫂子简单收拾出来一间屋子他们自己住，夜里就和小哥哥商量在老房子的右边盖三间新屋，这些年打工她手头攒了一点钱，紧一紧够用。小哥哥听了小嫂子的话心里又感动又难受，他一个男人打了这么多年工，手头没几个大子，有点钱都给母亲看了病。他搂紧小嫂子说，盖房子不忙，这些年我在外面干活看了不少城里人装修房子，我给咱买点材料，把这老房子好好收拾收拾和新的一样。等咱钱攒够了，好好盖个气派点的。小哥哥没敢告诉小嫂子的是，如果他们盖新房子，那些借钱给母亲看病的亲戚就都会找上门来讨账，到时候不要说盖房子，就是都给了也不一定够。小嫂子听了小哥哥的话觉得说得也有道理，事实上对这个家的真实情况，她知道的实在是太少太少了。

第二日，小哥哥就去镇里买了材料，准备着收拾房子。

小哥哥从外面打工回来，还带回来了一个媳妇要安营扎寨。那些债主们盘算着小哥哥这次怕是带了钱回来的，要是一分钱没挣着怎么会想着回来定居。他们就像约好了一样，一个挨一个来小哥哥家要账。这里小哥哥刚给墙刮好了腻子，准备着上大白，那边债主们就蹲到院子里和他的父亲扯家里的难处。刚开始来的几个，父亲把喜宴收的礼金拿出来还了账。后面再来的，父亲就只能赔着笑斟茶递烟说好话。小哥哥在房里看着父亲低头赔笑一脸的可怜相，心里憋屈得像揣了一包炸药，随时随地能爆炸。小嫂子和婆婆坐在炕上剪窗花，婆婆的手很巧，窗花剪得花样又多又好看。这几天家里天天来客人，可是公公和丈夫并不让她去张罗，她以为是这里的规矩不允许新媳妇随便接待外人。可是，她看那些人的脸色和公公、丈夫的情绪，好像是有什么难肠事，并不是来串门看新媳妇那么简单。她忍不住问剪窗花的婆婆，娘，这些来咱家的都是咱们的亲戚吗？婆婆听了她的话，点点头又摇摇头。那就是有的是，有的不是。她又问，娘，他们是来稀罕新媳妇的吗？娘听了她的话点点头又摇摇头，她还想接着问，再看婆婆拿着剪刀的手直哆嗦，眼泪也吧嗒吧嗒地落在了窗花上。小嫂子慌了，她不知道自己哪句话说错了，连连给婆婆道歉。可她毕竟是在外面见过世面的女子，很快地就稳住了心神，一点点开导婆婆，终于从婆婆嘴里知道了这些人不是来做客的也不是来稀罕新媳妇的，而是来要这些年婆婆看病欠下的账的。

听了婆婆的话，小嫂子心里虽然有些气恼小哥哥瞒着她，可她心里明白小哥哥瞒着她也不是故意的，是没办法的办法。她喊来还在收拾房子的小哥哥，拿出了前几日准备修房子的钱，让小哥哥把欠的账都还清楚了。她还安慰婆婆说，她和小哥哥还年轻，只要好好干，以后日子会好的。小嫂子的好名声也因为这件事传遍了村里，人人都羡慕小哥哥娶了个贤惠女人，老人们更是津津乐道，都说自己吃席那天就看出来这是个好女人……

三

小哥哥回乡的第五年，母亲被疾病带走了。小哥哥的母亲走得很安详，村里人都说小嫂子对待婆母像亲生母亲一样，说小哥哥的母亲是个有福气的老人。小哥哥的母亲走后没多久，小哥哥去镇里买农具，碰到了初中时很要好的同学，现在在镇政府当秘书，他偷偷告诉小哥哥说张家村要拆迁了，已经在定方案了，告别时又特别叮嘱小哥哥自己知道就行了千万不要外传。

回了家，小哥哥偷偷把这个话告诉了媳妇，小嫂子此时正大着肚子，他们结婚七年，小嫂子中间不小心流过一次产后终于又有了，听了小哥哥带回来的消息，小嫂子啪地拍了他后脖颈一巴掌说，你这个老实人这次总算有了点用场。为了证实消息的真假，小嫂子以感谢村长在婆婆葬礼上忙前忙后为由，请村长来家里吃酒。其实，他们回村的这几年，逢年过节，小嫂子都会让小哥哥请村长来家里吃酒，小嫂子有一手做菜的好手艺，村长年年都吃得嘴边流油肚皮鼓鼓。这次趁着村长又吃得酒足饭饱，心满意足之际，小嫂子抓住机会问拆迁的事。村长没正面回答她的问题，只说，侄媳妇嫁过来几年了，也该盖几间像样的房子了。小嫂子多么聪明的人，这话还用再挑明了说吗?

第二天，小嫂子就放出风去，他们小两口要盖新房子了。村里人听了并不觉得有什么不妥，常年生病的婆婆走了，现在小两口又有了孩子，谋划一下小日子也是人之常情。小嫂子并没有和村长另要宅基地盖房子，她不想弄得太明显，日后让村里人说太多闲话。她和小哥哥商量，就在现在住的院子盖，于是四四方方的院子，他们盖了一圈房子，老房子对面和左边各盖三间住人的，右边靠大门的地方盖了一个牲口棚，搭了个鸡窝。他们盖房子用的材料都很便宜，在房子从外观看基本成模样后，他们就以手头没钱暂时停了工。

停工后没多久，村里来了上面下来量面积的人。这时候村里人再打算加盖房子已经迟了，上面来的人把现有的住宅都拍了照片留底，新盖的一律算违章建筑，不予赔偿。小嫂子新盖的一院子房子，虽说只是个空架子，可是她是赶在政策前盖好的，全部都算了面积。这样一来，他们家量的面积在村里竟名列前茅了。村里有些明眼人猜出来点其中的道道，他们背地里又骂小嫂子这个精明的矮女子，骂她自私，骂她拍村长的马屁。小嫂子当然能想到村民的气愤和嫉妒，可她也不过是个普通的农妇，不过是想把自己的日子过好一点，她的这种自私放在谁身上都是可以理解的。

小嫂子他们量出来的面积大不仅引来了村里人的嫉妒和非议，大哥大嫂也找上门来。大嫂气呼呼地质问他们俩，说，外人不告诉就算了，自家兄弟都藏着掖着牢牢地不给透个风，那钱是公家给补的，又不要你们掏，真是丧了良心了，一点兄弟情义都没了！这话可说得够重了。小哥哥低着头一声不吭，一个劲儿抠着大腿就像当年在录像厅一样。小嫂子一看指望不上这个老实人，只能自己硬着头皮应战，她拉着大嫂的手说，自己嫁过来一分钱彩礼没要，刚一进门就掏空了私房钱还清了婆婆欠的看病的钱，前些年，婆婆看病抓药都是他们夫妻在管，一年到头攒不下几个钱，婆婆走了，他们才觉得担子轻了点，现在又怀了孩子，就想一鼓作气盖几间房子，像大嫂你那样有自己的房子自己的孩子才是个家啊……小嫂子的一番话说得大嫂一时接不上话。在婆婆看病花钱上，他们是有亏欠的，这些年他们确实是一分钱都没掏过。小嫂子一看大嫂的气焰下去了些，她趁热打铁说，父母原先的三间老屋，咱们三家一人一间，其中一间面积算到你们名下。公公以后还跟着我们过，老人名下的地咱们也分成三份，一家一份，大嫂，你看行吗？

大哥大嫂两个人来老房子闹，原本也没想过能闹出个什么结果来，只想着来了先得骂个痛快，把心上的这口恶气吐出去。小嫂子的建议，无非就是农村人儿女大了常有的分家罢了。大哥首先心里乐了，他没想到还有意外收获。他看向自己婆姨，大嫂听了，心里盘算了一下这也算公平，老二新盖的房子他们确实没有理由也没脸去争去抢，这样一来，从老屋分到的再加上自己家院子的，和老二的面积也差不了多少，以后还不用再管公爹的生活，算一算也划算着呢。村里人本来想看一出兄弟妯娌间的闹剧，却被小嫂子轻易地化解了。他们再无心去管别人家的事了，都积极地在自家的土地和院子上下功夫，能多争一点是一点。

四

小嫂子前脚安抚好了大哥大嫂，后脚又开始了新的谋划。

这次村里拆迁，全体村民搬到离现在住的地方有个四五十里的地方。政府在那统一盖了住宅小区，一水儿的楼房。小哥哥小嫂子他们家量的面积按规定可以分三套楼房，其中一套因为父亲的年龄过了七十还可以优先分一套一楼的。小嫂子悄悄和小哥哥商量，要找村长把另外两套换成一套营业房，她想开店。小哥哥这些年对媳妇的本事和通情达理很是佩服，他对婆姨说自己都听她的，她说咋弄就咋弄。

小嫂子在处理大嫂的问题上做得又干净又利落，没有引来更多的不良影响，也没给村长带来麻烦，村长对这个做得一手好菜的胖媳妇打心里欣赏。当小嫂子又提着东西趁着夜色潜入村长家说明来意时，村长捋着下巴上不多的几根胡须问她，他小嫂子把两套住宅房换成营业房是打算做什么营生呢？小嫂子眨巴着一双小眼睛，手抚着圆乎乎的肚皮，回道，村长叔，我想开个小饭店,我的做饭手艺咋样您是知道的,我觉得自己能成。在工地的时候，小张和工友们都说我做饭好吃。小张？叔，小张就是二糊涂。这对话把村长和小嫂子都惹笑了。村长说，像你这样有想法有魄力的女子村里恐怕就你一个，这次拆迁盖的营业房数量还不少，要是有剩下的，叔就尽力试试看能不能给你调换一套。小嫂子一听村长松了口风，赶紧给他加劲，说，叔，这店要是开成了，我给您算一成干股，每年给您分红，万一赔了不要您管，我们自己承担。小嫂子的这个提议让村长的光脑门沁出了汗，他相信这个矮个子女人的能力，她的手艺开店那铁定是稳赚不赔，再加上她的这个脑子和机灵，最重要的是这个女子懂得人情世故，会来事。

有了奔头的村长，为了小嫂子换房子的事使出了浑身解数，一番运筹帷幄之后，给小嫂子换来了一套面积不大不小的营业房，美中不足的就是位置稍有点背，门前面还有棵大树遮挡着。小嫂子不在乎这些，她对小哥哥说，酒香不怕巷子深，就我这手艺吃一次想两次。小哥哥这几天正忙着装修仅剩的那套一楼住宅房，为了省钱，能自己干的他都亲力亲为，一天到晚累得像条死狗，小嫂子说什么他都说好。大哥大嫂对小嫂子拿两套房子换了一套营业房颇为鄙夷，二换一在他们看来怎么都是个赔本买卖。大哥大嫂运气也不好，他们要了两套大面积的，抽房子时一套抽了五楼，一套抽了六楼。大嫂想要赖，可抽房的都是乡里乡亲的，大家都眼巴巴地盯着那个电脑按键，手是自己的，也是你自己啪的一声按下去的，抽得不好怪不得别人，只能怪自己手太臭。小嫂子小哥哥从外面回来，躺在炕上抽着烟袋锅子的公公对小两口说，你邻居二叔和婶子刚来咱家了，说你大哥他们房子抽得不顺当。还说他们这是不要老人的下场，我看也是。小嫂子知道公公心里对大哥大嫂不掏钱给婆婆治病一直心里有气。可她还是劝公公不要听外人嚼舌根，自己的日子自己过，一家人和和气气才能过上好日子。这些年，大哥大嫂也没少为这个家费心费力，咱们不能跟着外人瞎起哄。公公听了低了头吧嗒吧嗒吸了两口烟，嘟囔着说，我就是发发牢骚，没别的意思。

五

小嫂子换来的营业房的钥匙下来了。小哥哥忙完了家里的装修，又开始忙店里的装修。小嫂子的肚子一天天大起来，小哥哥让她多休息，店里的事有他呢，可她在家待不住，也不放心。小哥哥看着她一天比一天发胖的身体越来越像个圆球，就故意调笑她说，媳妇你走路走慢些，小心走得太快滚丢了。小嫂子听了又气又笑，说，老娘我滚丢了，你张家的种也跟着丢了。

圆球一样的小嫂子，每天倒着两条小短腿，像只企鹅一样在家和店之间扭来扭去。一些已经搬来的人家，闲着没事，就凑在太阳底下打扑克，他们看着肥鹅一样的小嫂子拧出拧进，故意揶揄她说，他小嫂子你这身子怕是最少怀了两个娃吧。小嫂子知道他们对自己家量的面积多心里憋着气，也不计较，笑哈哈地回一句，怀三个就更好了，一次罪全受了。

这次搬迁，村里的土地集体流转了出去，说是一个老板要大面积种植经济作物，到底是个啥经济作物他们也说不清，反正以后每年按时领一笔流转金就行，和自己种地的时候收入差不了多少，但把人解放了，再不用下苦了。小嫂子的公公闲不住，他们现在只剩了一楼这一套，虽说采光差了点，可带了个小院子，老人家把那巴掌大的地翻来覆去地修整，一块地规划好种了好几样菜，这样到了时令就有各种新鲜蔬菜吃，还可以给即将开业的饭店用。客厅的窗户是个飘窗，挨着窗根下有一小截空当，公公用竹栅栏圈起来养了几只鸡。他自己住的卧室还放了个兔笼子，养了两只兔子，公公说，庄户人，家里不种点啥养个动物总觉得活得没意思。小嫂子心疼新装的房子，可她也没太拦着，她知道拦也拦不住，白生气。

这一日，小嫂子在店里忙着收拾，准备开业的事。店门前的大树下，她摆了两张小圆桌，上面放了免费的茶水供过路人解渴，目的也是为了吸引人能注意到大树后面她的这个小店。

送牌匾的师傅来了。先咕嘟咕嘟喝了几杯茶水，才冲着屋子里忙活的小嫂子喊，老板娘，门上的牌匾送来了，你看着怎么挂啊？小嫂子闻声出来，赶忙招呼师傅喝水，师傅说，刚喝过了，老板娘你真是热心肠啊，给大家提供免费茶水。小嫂子扭着圆身子，摇着胖嘟嘟的手说，举手之劳，举手之劳嘛，师傅们多帮我吆喝点客人来啊。

两个师傅抬起了匾额，各自踩在梯子上，小嫂子站在树下指挥着他们挂匾额，也许是树枝太长遮挡了她的视线，也许是树叶太密让她看不清匾额的位置，小嫂子扭着自己的重身子，往后退了几步，就在她刚站上马路边的那一瞬，不知从哪里冲出来一辆农用车，车速实在太快了，快得司机慌了神，犯了最低级的错误，把油门当成了刹车，狠狠一脚踩下去，小嫂子被撞得飞出几丈地。挂匾额的师傅吓得匾额哐当落了地，人从梯子上连滚带爬地下来，冲到小嫂子身边时，小嫂子身上看不到伤口，身下却流了一摊血，他们一把扭住农用车司机让他赔命，农用车司机已经吓傻了，周围的人都忙忙地围过来说，把他交给我们，你们赶紧送她去医院啊。这句话点醒了两个师傅，他们把司机交给认识的人，抬着小嫂子直奔新小区的卫生所。

卫生所的老大夫，摸了摸小嫂子的脉搏，翻了翻眼皮，说人已经没了。闻讯赶来的小哥哥不相信，找了车又把小嫂子往县医院拉。县医院的大夫和卫生所的老大夫说的一样，小嫂子确实在当场就被撞没了，肚子里的孩子也没了。小哥哥原本就要开始的崭新的生活在这几分钟里全部毁灭了。

警察后来查明了肇事司机是酒驾，他是去邻村刚喝完喜酒回来，想起老院子还有点东西没拉，怕去晚了房子被扒了东西就没了，心里只想着拉东西，又喝了酒，根本没注意到突然站到马路边上的小嫂子，慌乱中又踩错了，一脚油门下去致使一尸两命。最后司机被判了刑坐了牢还赔了小哥哥一笔钱，小哥哥像个木头人一样跟着村长处理着车祸。村长看着小哥哥丢了魂的样子，想起那个爱笑爱说话，一口一个叔喊他的胖媳妇，心里很不落忍，劝他说，二糊涂啊，人活着就得像你这名字，糊涂点好哇，人死不能复生，可咱活人还得活命，你爹还要靠你养老送终啊……村长的这番话小哥哥不知道听进去了没有，他恭恭敬敬地把村长送出了家门。

过了几日，小哥哥把营业房的钥匙交给了大哥大嫂，让他们看着盘出去，以后每年收的房租用来养老父亲。回了家，小哥哥冲着躺在炕上的父亲咚咚咚地磕了三个头，说，爹，儿不孝，可是儿没办法，儿得走，得走！说完，他拎个包袱，头也不回地走了。据村里的人说，除了清明回乡，小哥哥一年四季都在外面揽工，他也再没找个女人成个家。

我有时候在城里的大街上看见一个圆滚滚的女子，就会不由得想起小嫂子，想起这个曾经带给小哥哥一家无限希望与憧憬的女子，如果小嫂子还活着，如果小嫂子不嫁给小哥哥，如果村里不拆迁，如果小嫂子他们不回来，如果……

世上的事，最怕如果。

半街香

一

半街香是个女人。是烟柳街最漂亮的女人。

二

半街香在烟柳街名气很大，她最早的名字叫张二妹，土得和她出生的地方红柳镇一样。张二妹本来在红柳镇的家里帮母亲带弟弟妹妹，弟弟妹妹和张二妹不是同一个父亲。张二妹的爹在她六岁的时候被抓了兵差，爹是独子，本来可以不去当兵的，可是镇长不想让自己的儿子去做炮灰，给张二妹的爹设了个套，张二妹的爹就被拉去当了兵。那会儿到处在打仗，到处在抓差。可张二妹的爹还没来得及上前线，在送往军营的路上就死了。这个老实人从来没离开过红柳镇，去军营的路上风餐露宿，他又受了许多惊吓，他开始不停地拉肚子，起先大家都没有在意，当然也没人会去在意一个刚抓来的新兵拉肚子，可是拉肚子也能死人，这个倒是让人出乎意料。张二妹的爹跟着部队还没走到目的地，就拉死在了半路上。张二妹的爹没上战场，自然没被当成烈士，镇长派人送来了死亡通知书和两块大洋的抚恤金。

张二妹的娘就像张二妹一样好看，话说反了，是张二妹就像她娘一样好看。总之，张二妹和她娘是红柳镇最好看的两个女人。可是她们的命一样苦，张二妹没了爹，张二妹的娘没了丈夫。从张二妹的爹出门当兵，她家就不断地来人，来各种式样的男人，镇长也来过好几次。张二妹的娘不管谁来都不说话，手里一直握着把刀，不是切萝卜，就是剁灰菜，出来进去拎着刀。那一日镇长又来了，陪着镇长的村长叔，看着张二妹的娘手里明晃晃的刀子在眼前闪，他说，二妹娘，你把活儿先放放，镇长来看你呢。说着伸出手去拿她手里的刀,张二妹的娘身子一闪，退到了墙角，刀刃子架到了脖子上，两只杏眼含着两汪水盯着村长叔，村长叔后来给人说，脖子上架着一把刀，眼睛里藏着两把刀，生生吓跑了镇长。从那以后，来她家的男人就少多了，只一人，一直来，叫张恩，和张二妹的爹是远房亲戚。

张恩每次来不和张二妹的娘说话，他只和二妹说话，二妹喜欢这个表叔，长得不像村里的其他叔黑黢黢的，他白白净净的，穿一件雪白的褂子。冲二妹笑的时候露出两排好看的白白的牙，一点儿黄渍都没有，爹的牙都没这么白。表叔一来，家里的水缸满了，柴垛高了，地里的庄稼收好码齐了，厨房里还多了几只野鸡……表叔来的日子，二妹就能吃到香喷喷的野味，还有表叔像变戏法一样从褂子里掏出来花花绿绿的糖果和头绳，二妹觉得表叔就是戏里唱的神仙，什么都能变。可是什么都能变的神仙表叔好久没来她家了。娘已经自己去打了几回水，还摔了一大跤，裹了一身泥回来。柴早就没了，二妹和娘去附近的山上拾了几天柴，勉强够烧饭。娘也好多天没给二妹做肉吃了，二妹知道她和娘闹，也没有，神仙表叔不来，就不会有肉吃。二妹天天搬个小板凳坐在门口画画，画好一只小鸡，二妹就朝大路上望一会儿，每天二妹都能画一群小鸡，二妹画的小鸡越来越好看了。后来，二妹就专注地画画，她在生神仙表叔的气，她记得他说过会一直来看她，神仙也骗人！每天晚上二妹和娘吃完饭，二妹躺在炕上数数，娘坐在炕沿做鞋子。今天的娘做的鞋有小船那么大，二妹记得爹就穿这样大的鞋子，可是娘说了爹再也回不来了，爹现在就躺在她家地里的土堆里。二妹想问娘的鞋是做给谁的，可是她的两个毛眼睛又重又涩，数数就是容易犯瞌睡。不知睡了多久，二妹好像听到了神仙表叔的声音。

你天天把这个抹上，上海女人都抹，香得很。

一股奇特的香味冲进了二妹的身体，花香？又像又不像。

肉香？没那么油腻。以前二妹闻过小婶的香胰子，这个香味比香胰子的香要浓得多，被香味包裹的二妹像个蚕宝宝满足地蠕动着。娘的手轻轻拍着她的后背，二妹又睡着了。第二天醒来，二妹闻到了家里有和梦里一样的味道。二妹喊娘，娘不在屋里。二妹蹙着鼻子使劲闻，那味道是从娘的小箱箱里出来的。二妹打开了小箱箱，开盖的一下子那香气冲的二妹脑仁子冒星星。二妹到今天都记得那个铁盒盒，铁盒上的女人真好看，头发不像她们直溜溜的，她的头发是卷的，脸蛋粉红粉红的，像仙桃，笑得勾人的魂。盖盖上写着两个字，二妹认得一个“上”字，另一个不认得。二妹想起来昨晚梦里听到的“上海”两个字，她猜另一个字是“海”。二妹揭开盖盖，里面是一盒子雪白雪白的凝脂一样的东西，像娘炼好的猪油，可猪油没这么香也没这么黏软。二妹用指头蘸了一点点，她用舌头舔了舔，啥味都没有，就是个香。二妹想是不是蘸得少了，她正想多挖一些，娘进来夺下了盒盒，二妹的后脖子挨了娘一巴掌。

三

娘擦干二妹的眼泪，从铁盒盒里蘸一点白油出来，均匀地抹在二妹的脸上。二妹的脸润得像水，香得她忘了娘的一巴掌。二妹看今天的娘的脸也润得像水，比二妹的脸还香。二妹的家也香得不像话，娘又做了二妹最爱吃的炒山鸡。和二妹还有娘一起吃饭的还有神仙表叔，二妹攒了好多话给神仙表叔，可是她又不想说了，她想让娘和神仙表叔说说话，二妹喜欢听他们说话，娘笑起来真好看。

神仙表叔果然去了上海，他吃饭的时候和娘说了很多话。二妹细细地听着。今天，神仙表叔大部分时候在和娘说话，说到关键处，他会看看默默吃饭的二妹，二妹嘴里啃着鸡肉，冲表叔使劲点点头，那意思是让表叔继续说，她也听着呢。表叔给娘和二妹讲了上海的大，上海的美，上海有她们从没见过也没法想象的电车，上海有很多小弄堂也有很多高楼大厦，上海女人喜欢穿旗袍，她们抹香粉涂口红烫头发，她们说上海话，声音绵软听得人发酥……这顿饭在表叔从口袋里给二妹两颗雪白的奶糖后结束，二妹没有想到的是后来她就是揣着这两张奶香的糖纸走进了大上海。

村里传开了表叔和娘要成亲的事。

表叔是头婚。娘是个带着二妹这个拖油瓶的二婚头。村里人很奇怪，要是表叔和娘颠倒一下，他们就不会有那么多的怪话。村长叔又来了。他蹲在院子里抽了几杆烟，二妹给村长叔看她的糖纸，村长叔眯着他的睫缝眼，念着“上海，牛奶糖”，他问二妹，好吃不？二妹冲村长叔做鬼脸，说，叔，你看清了吗，这是大上海的奶糖，咋能不好吃嘛。叔，你去过上海吗？村长叔在鞋底子上磕了磕烟杆，摸着二妹的头说，叔没那福气，到了上海别忘了叔。娘跟在村长叔的屁股后面，把他送出了门，他们俩又在门口嘀嘀咕咕了一会儿。

晚上躺在炕上，二妹问娘什么时候和表叔一起去上海。娘笑她想得美，表叔去上海是办事，她们怎么能随便跟了去。二妹自顾自整理她的糖纸，她不想和娘说话了，娘总是和自己对着干，村长叔都说她有福气呢。娘继续做她的鞋子，二妹已经知道鞋子是做给表叔的。表叔试过做好的那一只，很合脚。表叔对娘说，做好了成亲的时候穿。这几天，表叔给娘又扯来了新布料，大红的缎面，滑溜溜的，娘答应给二妹也做一件新衣服。娘要嫁给神仙表叔，二妹很开心，可是伙伴们的态度让二妹的开心打了折扣。他们现在都不理她了，二妹的奶糖纸他们不稀罕看，她那些漂亮的头绳她们也嗤之以鼻，他们像那些大人一样，好像二妹和娘做了恶事，对她们躲得远远的。娘其实以前也不怎么和他们来往，她们都有些憎恶娘的好看。二妹给娘说了伙伴们都不理她，娘拍着二妹的小肚肚说，不怕，娘给你生个小妹妹陪你玩。二妹抱着糖纸睡着了，梦里都是奶糖的味道。她一会儿梦见娘给她生了个小妹妹，一会儿梦见从娘肚子里跳出来的是一只小白兔。

四

第二年的春天，桃花红杏花白的时节，娘一下子生了两个小宝宝，一个弟弟一个妹妹。娘管弟弟叫大宝，妹妹叫小妹，二妹对娘嘟着嘴说，娘，娘，我应该叫大妹不是二妹。表叔摸着她的头说，你不是大妹也不是二妹，你现在是大姐了，以后要好好照顾弟弟妹妹。弟弟妹妹出生后，表叔比以前更忙了，他总是到外地去，一去就是好多天，不过娘和二妹要带大宝、小妹，天天忙得昏天暗日的，日子并不觉得难过。

这一天夜里，弟弟妹妹已经睡熟，二妹在玩她的糖纸，娘在补衣服，娘的手从来没闲过。大门传来当当当的几声响，二妹从炕上跳起来，说，娘，你听，表叔回来了。娘连连摆手让她小点声，别吵醒了弟弟妹妹。娘和二妹奓着耳朵仔细听门外的动静，果然又传来当当当三声。娘赶忙下了炕，想了想，拎着擀面杖去开门。娘在门口轻轻问，谁？开门，是我。果然是表叔。娘开了大门，表叔一头冲了进来，冲娘低声吼，把门关上！娘吓得赶紧关了门。

进了屋，二妹和娘才看清楚表叔身上背着一个年轻人，表叔把年轻人放在炕上，他的脸煞白，比表叔还要白一百倍。“流血了！”二妹发出一声叫喊。表叔一把捂住她的嘴，“不敢喊，可不敢喊……”表叔把二妹捂得差点上不来气，是娘一巴掌打开了表叔的手，二妹吓得躲到了炕角。

“咋回事？”娘问表叔。

“学生娃，不知怎么挨了枪，倒在草窝子里，不背回来就没命了。”

“你咋知道就是个学生娃？”

“你看他穿的制服，胸前挂着学校的牌牌嘛。”

“我又没念过书，也不识字。”娘的语气有些冲。

“好了好了，不管这些，先救人吧。”表叔讨好地笑着。

“咋救？我去喊大夫吧。”

“不能喊大夫，是枪伤。你去找把剪刀、夹子、布，再来一瓶酒。”

“你要给他取子弹啊，你会不会啊，你可别胡来啊……”娘一边说一边快快地找来了表叔要的东西。表叔去厨房找来了一些药材，二妹想自己天天和娘在厨房怎么没发现表叔把药藏在哪儿。表叔边和药边嘟囔：“算你小子命大，还有止血和消炎的药……”和好了药，表叔把剪刀和夹子用酒擦了又擦，还在煤油灯上烤了又烤，二妹在娘生弟弟妹妹的时候见过接生婆烤剪刀，接生婆说要剪啥带子，二妹想弟弟妹妹一定就得那根带子系着才能好好地待在娘的肚子里。表叔给年轻人的脸上拍了凉水，他总算睁开了眼睛，表叔用手指按着他的嘴说：“你听我说，你受了枪伤，得把子弹取出来，要不腿就废了。可你是枪伤，不能喊大夫，就得我给你取，我家里没有麻药，你得忍着疼，懂了吗？”年轻人看着表叔，又看了看娘，点点头。二妹在炕角分明看见表叔的手指在年轻人的嘴唇上按了两下，二妹隐隐地觉得表叔和年轻人是认识的。年轻人的嘴里咬了一块毛巾，冲表叔点了点头，表叔深出了一口气，先用酒擦干净伤口处，年轻人的两只手抓紧了炕上铺的褥子，咬着毛巾的脸和手臂青筋暴起，表叔擦伤口、剪开伤口、取子弹的动作娴熟得像娘纳鞋底子，二妹看着表叔，心里对神仙表叔更加敬佩。处理好伤口，娘发现自己也出了一身汗，她想给表叔擦擦汗，可是表叔除了皱紧的眉头，竟然没有汗珠，娘问表叔："你咋比大夫还熟练呢？"

"胡说八道，我哪能和人家大夫比，还不是逼的。"

"嫂子，我想喝点水。"年轻人成功化解了娘对表叔的盘问。二妹看见表叔冲年轻人眨眨眼睛，这让二妹更加确信他俩是认识的，可他们为什么装不认识呢？二妹想他们瞒得了娘，可竟然被她发现了这个秘密，她倒要看看他们究竟要做什么。表叔和年轻人怎么也没想到蹲在炕角的二妹竟然猜到了他们的关系，而且那么点的年纪竟有如此的忍耐力不捅破而静观其变，这恐怕就是二妹后来成大气候的先兆。

年轻人开始了在二妹家养伤的时光。表叔让二妹喊他文哥哥，因为年轻人叫张子文。对外表叔说张子文是他在上海一起干活的工友，在路上受了风寒，要修养好了才能一起回上海。文哥哥和二妹一起帮娘照顾弟弟妹妹，文哥哥不能动，他就主要趴在炕上逗大宝和小妹，每天给他们讲故事，大宝和小妹听不听得懂二妹不晓得，反正二妹听得额头亮晶晶，连饭都可以不吃。文哥哥问二妹上学了没有，会不会写字？二妹摇摇头。二妹其实是很想很想上学的，可是村里的教书先生打日本人的时候病死了，也没有人再接替他的活，村里的孩子上学得跑很远很远，二妹是个女娃，娘不放心她跑远路，娘说女娃会数数就行，所以她每天教二妹数数。二妹对文哥哥说，娘天天教我数数，可是文哥哥，我数得可能太多了，现在一数数就瞌睡。文哥哥听了笑得上不来气，他让表叔给二妹找来了纸和笔，文哥哥开始每天给二妹教写字。文哥哥给二妹教了个“上、下、大、小”，二妹写好了“上”，问文哥哥，这个“上”是上海的“上”吗？是啊，也是上学的“上”。那上海的“海”怎么写呢？文哥哥给二妹写了“海”字，果然和娘的瓶瓶上的字是一样的，二妹确定了娘的香盒盒上的字是“上海”。文哥哥的伤好得很慢，一直不见结疤，表叔每次打开看，伤口都是红肿的，后来竟有些溃脓了。表叔的眉头皱得更紧了。

那天夜里，二妹听见表叔对娘说，不能再拖了，得把子文带走去大医院治腿，要不真废了。娘说，去就去吧，村里没药，他这伤也重。那啥，我想带二妹一起走。为啥要带二妹？她那么小，路上帮不上你们还添乱。子文受的是枪伤，我自己带着他，路上遇到盘查的，两个大男人，一个还有伤，容易起疑心，把二妹带上就说是兄妹俩，那些人不起疑。娘没有接茬，二妹从被窝里钻出来，钻到娘的怀里，冲娘哼哼让表叔带她去上海。娘摸着二妹的头说，野丫头，去那么远不想娘吗？二妹抱着娘的头说，当然想啊，可是又不是不回来了，我还要帮娘带大宝和小妹呢……表叔，娘还有二妹他们可能都没有想到，这竟是他们三人最后一次的相聚。

第二天，表叔、文哥哥带着二妹离开了村子，娘把那盒放在小箱箱里的“上海”带给了二妹，二妹本来不想拿，可她想自己要去的是上海，一定要给脸上擦“上海”才行，等她回来的时候给娘多带几盒就好了。文哥哥腿不能走，一路上表叔不是背着就是找个车车拉着他，二妹跟着他们俩，可没少让两条小腿腿跑路。尽管表叔尽量避开有盘查的路，可还是遇到了好多个盘查，有的盘查得很粗暴，吼得声音大，枪托子到处捣鼓来捣鼓去，有的盘查得很仔细，查这个看那个，问东问西，有的不问也不查，目光阴鸷地紧盯着过哨岗的人，经过几次折腾，二妹对表叔和文哥哥说，这些个盘查的，吼得凶的翻来翻去的都没事，就是吓唬人，那站在旁边不吭声、使劲盯着你的才可怕，眼神就特别吓人。表叔听了二妹的话，和文哥哥对视了一眼，二妹看着他俩又说，文哥哥你不是表叔捡回来的，你俩本来就认识，你们哄得了娘可哄不了我。表叔从怀里掏出一颗糖，递给二妹，摸着二妹的小脑袋说，给叔讲讲，你咋看出来的？二妹舍不得吃糖，握在手里看着就很满足，她掰着手指头一条一条给他俩分析。文哥哥听到最后，说了一句，是这块料。二妹问他，啥料？好吃吗？

五

二妹一辈子也忘不了她看到上海这座城市第一眼时的心

情。新奇而熟悉。新奇于二妹而言是多么正常，可是熟悉就不知从何而来。文哥哥说，二妹生来就属于这里。大街上的人和物，和表叔在家给她和娘讲的一样。二妹最喜欢从她身边、从她眼前飘过的穿各种样式旗袍的女人，二妹把这些旗袍一一在脑海里穿在了娘身上，娘就是这个大上海最漂亮的女人。二妹对表叔郑重其事地说，她回家的时候要给娘带一件旗袍。

表叔住的地方不大，在一家小店的阁楼上，小店很小，只摆了两个柜台，可是货物却很丰富，家里用的各式各样的物品堆得满满当当。表叔是店里的掌柜，文哥哥是这里的伙计，不过他不住在这里，他住在自己家里。到了这时候，表叔和文哥哥是什么样的关系，二妹都不惊讶了，在她的潜意识里事情本就如此。二妹和表叔住在阁楼上，阁楼里有个上下床，二妹灵巧，一骨碌就爬到了上铺，一切对于二妹都是新鲜的。表叔给文哥哥请来了大夫，大夫背着药箱，穿着新崭崭的西装，皮鞋也锃亮锃亮的，二妹在鞋头看见了自己的脸。西装、皮鞋、旗袍、弄堂……像这样的新事物还有很多很多，文哥哥一路上都讲给了二妹，二妹的记性真的很好，只一遍就能刻在脑子里。大夫给文哥哥做了治疗，做治疗的时候，表叔让二妹在前面看店，有人来就喊他。他给二妹还派了一个活，让二妹把店里所有物品的摆放位置都记住。他说，二妹你不是会数数吗？数清楚它们各自的数目。二妹不晓得表叔为啥让她这么做，但她乐意做这件事，这些花花绿绿的物件让她开心。有些东西二妹不认识，她就记住它们的样子，数清楚它们的个数，二妹照表叔说的把这些东西的摆放位置数量都一一记住。在这个过程中，来了几个顾客，二妹喊表叔来卖东西，顺便问了表叔她不知道的物件，二妹还发现了表叔带给娘的“上海”，足足有五种呢。五种盒子上的女人长得很像，又好像哪里有点儿不一样。二妹把五个盒盒一字排开，她认真地研究起她们的区别来。一个下午很快就过去了。

大夫治疗后，文哥哥的腿上缠上了雪白的厚厚的纱布，他就住在了表叔的床上，表叔打了地铺。二妹很快就记住了店里的东西，即使表叔不在的时候，她也可以卖卖东西，有的人看她是个小不点，想捉弄一下她，故意拿一堆零钱出来让她看着办。二妹并不怯场，她好像与生俱来有在城市生活的本事，她把娘教给她的有关数字的知识用得很流畅，来买东西的老阿婆夸她是个机灵的小管家。“小管家”，二妹听了有点儿得意。过了一段时间，文哥哥的腿伤果真好了起来，他能拄着拐杖下来走路了，二妹天天在店里，从不走远，没事的时候，她就搬个小板凳坐在店门口看大街，只这一条小街，二妹已是怎么也看不够的。店铺的斜对面，有家店铺，隔着窗子，二妹能看见立着几个穿旗袍的女人，这几个女人天天站在那，二妹不晓得她们是怎么休息和吃饭的。店里进进出出很多漂亮的女人，她们通常手臂上挂着小包包，穿着高跟鞋一扭一扭地进入店铺，有时候，她们的身边会跟着穿着西服的男人，男人的年纪好像都要比她们大一些，那大肚子、秃脑门就是证明。后来，表叔告诉她，那是家旗袍店，那几个人是模特，是假人。二妹问表叔，就是专门做旗袍的店吗？是啊，边做边卖。

文哥哥下来活动的时候，二妹请示文哥哥，想去对面的旗袍店看看。文哥哥叮嘱了她一番，二妹摇着两个小辫子跑去了街对面。旗袍店里有顾客正在量衣服，量衣服的是个老头儿，脖子上挂着一条长长的软尺，戴着一对蓝色的套袖，眼镜不好好地架在鼻梁上，就那么耷拉在鼻尖尖上，量尺寸的时候眼珠子朝下，往纸上写的时候眼珠子又朝上翻。老头儿量得很仔细，量尺寸的女人对陪她来的女人说，做旗袍我只认陈师傅，他做的旗袍穿在身上又好看又贴心。贴心，你懂不啦？就是虽然是穿在身上可是心里暖，懂不啦？懂，懂，懂，陈师傅在全上海都出名的……二妹趴在窗户上看了一下午，直到表叔回来喊她吃饭，她才发现天已经暗下来了。

晚上躺下的时候，二妹脑子里全是量旗袍的画面，二妹想温习一下文哥哥教给她的字，可是那些字不自主地变成了花枝招展的旗袍，二妹的手伸出被窝，她闭着眼睛模仿小老头儿量衣服，第二天起床的时候，二妹发现手臂又沉又酸，文哥哥笑她着了魔。二妹真是着了魔，自从文哥哥能下楼来，她一转身就去旗袍店，时间久了，来旗袍店的常客都认得了二妹。二妹长得乖巧，虽然脸上还有着乡村的气息，可是她精致的五官谁也比不了。那一日，老头儿量了半天衣服，量累了，在那里喝茶，老头儿用的茶杯很特别，壶身很小很小，壶嘴却细长细长的，每次老头儿坐在那里端着茶壶喝茶，二妹都觉得他不是喝，是吸茶或是抿茶。二妹看着那小小的壶身，替老头儿着急，做了一上午的活儿，喝口水都那么费劲，那点点茶水怕是连喉咙都润不透吧。二妹蹙着眉头看着老头儿，老头儿抿着壶嘴冲二妹招招手，二妹以为是自己眼花，老头儿又招了招手，这下子二妹确信他是在冲自己招手。

进门的时候，二妹有点忐忑，可是一踏进门闻到屋子里布料特有的香味，熨烫出的微微的糊味，二妹的心一下子野了起来。她一点儿也不对老头儿犯怯，她看着地上花花绿绿的碎布头，眼睛亮得开出了电花，老头儿喊她过去，问她，你这个小囡囡天天趴在那里看什么哪？

看你做旗袍啊。

做旗袍有什么好看的？旗袍要穿起来才好看。

可是量衣服的时候老爷爷你比现在好看啊。

你这个小囡囡嘴还真是甜啊。

你是对面杂货铺阿文家里的吗？

我不是文哥哥家里的，我是我表叔家里的。

哦，你是阿恩家里的囡囡啊。想学做旗袍吗？

可以吗？我可以学吗？你愿意教我吗？

二妹小小的身子因为激动有点颤抖，声音也更加的尖利。老头儿摸摸她的小脑袋，递给她一把剪刀，几张纸，还有一本图画书，书里画的都是旗袍。老头儿说，你先照着这个书剪一件旗袍出来。哈哈哈，二妹在心里笑出了声，老头儿可不知道二妹每天回去，都要用一个小剪刀凭着回忆剪出老头儿做出的旗袍，文哥哥看了她剪出的纸样，又说了那句：是这块料。二妹这回知道文哥哥的意思是夸她能做好这件事。二妹的小手在画册上翻来翻去，她不是不会剪，她是不想错过看画册的机会，她要好好地认认真真地看，像记杂货铺里的货物一样把这些图案刻在脑子里。二妹趴在大大的案头上一页一页地慢慢地摩挲着翻着画册，老头儿抿着壶嘴本来想催一下二妹，可是他被二妹的专注打动了，二妹此时的样子，让老头儿想起了久远的往事。

六

老头儿姓陈，他刚来上海的时候，和二妹一般年纪。

他随着父母从偏僻的大西北来到大上海讨生活，是因为父亲搭错了车，他们要去的是北平，可是父亲却错上了去上海的车，他们也没有能力再买一张去北平的票。父亲带他们去北平是投亲，到了上海就成了盲流。他们一家带着几个包袱，辗转在上海的弄堂里，这些幽幽深深的弄堂，模样都差不多，出来进去的人也好像一个样。女的穿旗袍，男的穿西服。每个人都急匆匆的，从来不正眼看一下经过的人。父亲在弄堂里大着胆子走进了一家院子，院子里坐着一个老阿婆，她笑眯眯地看着父亲问，侬找谁啊？父亲没有听懂老阿婆的问话，他就像自言自语一样，给老阿婆讲他们的窘境。老阿婆听得头点得很勤，一直说一句，是这样啊，是这样啊……父亲终于停止了他的自言自语，老阿婆的头也点得有点累。

父亲、母亲和陈老头儿，眼巴巴地望着老阿婆。老阿婆摇着蒲扇，说，你等我儿子回来啊，他是拉洋车的，看看他能不能帮你。父亲赶紧说，谢谢，谢谢，我可以拉车的，我有的是力气。老阿婆笑了，说，我儿子只是个拉车的，他不是车行老板，只能等他回来问问看。你们吃东西了吗？吃了，吃了，带着干粮呢。大娘，能给口热水喝吗？有，有，有。陈老头儿和父母就在老阿婆家里喝着热茶等阿婆的儿子回来。陈老头儿官名一个“志”，陈志。父母喊他“志儿”。老阿婆的儿子回来了，他好像对母亲随便留人不是太高兴，蹙着眉头，洗脸毛巾在水盆里甩来甩去，气呼呼的样子。父亲赶紧从身上摸出香烟，给他点上，他的态度才好了点。在他的引荐下，父亲当起了洋车夫，这个活很辛苦，赚来的钱还不一定够养活一家人。老阿婆把以前她家里搭出来的一间小小的用来放杂物的房间腾给他们住，她儿子背着老阿婆和父亲讲了要收房钱，父亲满口答应。就这样，他们在上海安了家。

父亲身体不好，拉洋车是苦差事，没过多久父亲就累病了，母亲只能靠老阿婆帮她揽些洗衣服的活计勉强维持生活。父亲的病没有钱好好医治，很快去世了。母亲抱着他哭了几天，有一天他睡着了，再醒来的时候，母亲也不见了。老阿婆拉着他的手说，苦命的儿啊。后来，老阿婆托邻居把他带到了一家成衣店做学徒，包吃包住。陈老头儿想起当学徒的日子，手里的茶壶簌簌抖动，他摸了摸手背上的疤，到今天他都记得自己不小心烫坏了一块布料，师傅随手拿起烙铁贴在他的手背上的情景，以至于到今天他的手背上还留有一块烙铁模样的印记……

老爷爷，你怎么哭了？二妹把剪好的旗袍拿给老头儿看，却发现他流泪了。这么多年了，陈老头儿想起当年还是会禁不住流泪。二妹的喊声惊醒了陈老头儿，他摸着茶壶说，爷爷被水呛得流泪了。二妹手上的旗袍纸样令陈老头儿欣喜，他说，你这个囡囡手这么巧的啊。二妹的脸红了，眼睛亮闪闪地看着陈老头儿说，爷爷，你真的愿意教我做旗袍吗？陈老头儿说，当学徒可是很苦的啊，做不好还要挨打的，你这个囡囡能受得了吗？二妹扑嗤笑了，说，你这个老爷爷啊竟吓唬人，吃苦我不怕，老爷爷你怎么可能打人呢？你是最好最好的老爷爷啦。陈老头儿被二妹的乖巧惹笑了，他摸摸二妹的小脑袋说，你不得回去问问你表叔吗？二妹听了，扭身往出跑，到了门口又急刹车，差点撞在了门玻璃上，转身对着陈老头儿鞠了一躬说，爷爷，我现在就去问我表叔，他肯定会同意的。

回了家，店里只有文哥哥，二妹激动地一个劲儿摇晃文哥哥说不出话来，文哥哥笑她，二妹，你捡到金元宝了？文哥哥，老爷爷要教我做旗袍了！二妹，你那么喜欢旗袍吗？身后传来表叔的声音。二妹扑到表叔怀里，说，表叔，老爷爷让我问问你，我可以去学吗？当然可以啊，二妹你要跟着陈师傅好好学啊，他可是这一片老有名气的旗袍师傅。说完，表叔冲文哥哥扬扬头，示意他到阁楼去。二妹，你帮着看看店，有人来了你就喊我们，我和文哥哥说个话。自从二妹来了上海，这样的事常有，今天的她这么开心，干什么不行呢。

七

阁楼里，张恩拿出了一个小纸条，阿文看后，点火烧掉了。

张恩对阿文说，现在风声越来越紧了，消息不好送出去。

那怎么办呢？阿文挠挠头。

二妹去旗袍店倒是个机会，可以通过定做的旗袍送出去。张恩沉思了一下，又说，要抓紧培训二妹了。

第二日一大早，二妹高高兴兴地去了旗袍店。陈老头儿让二妹看他怎么折布料、熨衣服、量尺寸……要学的可真多啊，二妹喜欢新布料的味道，喜欢熨斗发出的热乎乎的滋啦滋啦的声音。二妹心很灵，学什么像什么，二妹来了店里后，陈老头儿轻松了不少，还能吃到热乎乎的饭菜，虽然做得没那么精细，总是能按时吃到饭了。陈老头儿早年因为穷娶不上媳妇，后来做旗袍出了名，也有人给他介绍女人，可她们都只把他当做赚钱的机器，并不是真的看上他这个人，渐渐地时间久了，他也厌倦了这件事，成了今天的孤老头子。二妹每日白天去旗袍店学手艺，晚上回来，表叔或是文哥哥给她还要教一些奇怪的事情：比如怎么和陌生人一对一答，怎么观察周围的环境，怎么把东西交给要给的人又不被其他人发现……文哥哥说，这叫秘密工作，只有他们三个人知道，让其他人晓得了，他和表叔就要被枪毙。二妹并不懂什么叫秘密工作，可她知道她不能让表叔和文哥哥死了，他们死了，在上海，她就没有亲人了。

日子一天天过去，二妹抽开了身条，长成了大姑娘，烟柳街老陈旗袍店的二妹远近闻名，一来因为她的美，二来是她那青出于蓝而胜于蓝的做旗袍的手艺。旗袍店里来的上流社会的人越来越多，这些阔太太们，身材能一直保持住的没有几个，大部分都是一嘟噜一嘟噜的赘肉，那身材好的也大都是些姨太太或者小情人，她们穿上二妹做的旗袍，自然地就提起了一缕气质，有了和别家不同的说不出的韵味，最主要的是二妹做好的旗袍散发着一股奇特的香气，不是搽脂抹粉的香味，没那么浓烈，也不是香水的味道，没那么刺激，是一种淡淡的幽幽的香气，若有若无。她们问二妹是什么香味这么奇特，二妹抿嘴笑笑，说，我就是擦普通的雪花膏啊，没什么特别的。她们不信，可又确实问不出什么，后来也就没人关心了。但是她们给二妹起了个雅号“半街香”，叫得人多了，二妹这个名字除了家里人叫，别人都不记得了。

陈老头儿半年前突然发病离世，他无儿无女，也没有任何亲人，店自然就留给了二妹打理。晚上歇店了，二妹也不用再回对面的杂货铺，自己就在店里睡了。杂货铺现在也只有文哥哥在，表叔回了老家多日，一直没有音信。这些年，二妹对表叔和文哥哥做的秘密工作心里有了数，但他们不多讲，她也一个字不会多问，她知道他们管这个叫纪律。二妹到了旗袍店后，在表叔的指导下，她自己发明了一种盘扣，旗袍上的盘扣，这种盘扣和普通的盘扣不同，是空心的，可以塞进小纸条。这种盘扣，她只做给那些特别来定做旗袍的人，随着二妹的名气越来越大，来的达官贵人越来越多，旗袍店几乎没有人来盘查、问话，可是表叔的杂货铺却动不动就有人查店，查违禁品。来旗袍店的这些贵妇人们，不仅仅喜欢二妹的手艺，还喜欢二妹的脾性，都争着认二妹做干妹妹、干女儿，其实，二妹知道，她们是怕自己的男人惦记二妹，索性收成了自己的干亲，这样那些男人们动歪心思的时候也会思量思量。像二妹这么好看的女孩子在大上海能立足，不受人骚扰是不可能的，可是二妹自从踏入这片霓虹照耀的土地，就和这地方莫名地融为一体，她似乎生来就是这里的人。她会察言观色，爱琢磨人与人之间复杂的微妙的人情往来，她像一条鱼游走在这些人中间，她懂得借力打力，她不仅保护着自己，也保护着对面杂货铺里的表叔和文哥哥。

二妹想母亲了。她很多次都想跟着表叔回去看看母亲，可是店里太忙了，她又是那么的新奇这一切，完全投入这新的火热的日子里去，等到她晃过来神，回家的路却一日比一日艰难。

兵荒马乱的年代，出远门真的不是件容易的事。在家里的母亲和弟弟妹妹，表叔带来的消息总是让人乐观的。二妹只有把对他们的思念全部融入旗袍里，她每年给母亲做一件旗袍，她想要表叔给妈妈带回去，可表叔说，就是带回去了你妈在村里也穿不得，不如放在这里你好好保管着，等我带他们来上海再穿。而今，二妹的手里正为母亲做着一件新的旗袍，在她床头的柜子里有一个花包袱，那是她这些年做给母亲的。

来上海的这些年，二妹还学会了一件事。那就是等待。在二妹的心里，有一个人，这个人谁也不知道，这个人是陪着一个军官太太来的副官，来来回回很多趟，他们之间没怎么说过话，二妹觉得他们不用说话，用眼神交流就能明白对方的心意。他最后一次来，是在几个月前的一天夜里，这次他是一个人来的，他是来和二妹告别的。他所在的部队马上要开拔上前线打仗，他只有十分钟的时间。他和二妹静静地拥抱了十分钟，临别时，他给二妹留下了一枚祖传的戒指，他对二妹说，仗一打完，他就回来娶她。二妹的心上人叫东方铭。

八

阿文待在杂货铺里望着对面的旗袍店出神。

张恩这次出去了很久都没有音信，阿文不知道他是不是出了意外，他不能也不敢和二妹说出自己的担心。阿文远远地看着二妹美丽的身影，心跳一点点加快，这个张恩从山里带出来的土妞他没留意就出落成了整条街都闻名的美人——半街香，闭着眼睛就能感受到那种异样的温柔。阿文喜欢上了这个一直绕着他转，喊他文哥哥的小妹妹。可是做他们这个工作的，最好别有七情六欲，自己都是脑袋掖在裤腰带上过日子的人，哪里能再去连累自己的亲人。这几天，阿文觉得二妹有心事，总是心事重重的样子，没事的时候，就坐在那里发呆，以前的二妹无论忙闲手里总是要做点活计，尤其是那种空心的盘扣，做一个很费时费力。

这时候阿文看见一个穿军装的士兵进了旗袍店，想必又是替哪个太太来取旗袍的。过了一会儿，士兵出来了，手里是空的，阿文远远地看见二妹趴在做衣服的台面上，身子一耸一耸的，在哭吗？出什么事了吗？阿文赶紧锁了杂货铺，冲过马路，进了旗袍店，二妹见他进来，吓了一跳，满脸泪水地看着他。出什么事了？阿文问二妹。二妹想了想，擦掉脸上的泪水说，没事，想妈妈了。凭着多年侦察员的经验，二妹的话糊弄不了阿文，可是他也想不出还有什么理由能让二妹这么伤心，要是张恩出了事，她会告诉他的，不需要瞒着他。二妹不愿意说，阿文也不再勉强，轻轻拍拍二妹的肩膀说，下次回家一定带你回去。二妹点点头，又问他，表叔还没有回来吗？阿文摇摇头，说，按计划早该回来了。阿文的脸上渐渐蒙上了一层阴云。

阿文离开后，二妹看着手里的盘扣，吧嗒吧嗒地掉眼泪，这个盘扣是东方铭走的时候她送给他的，东方铭以为只是一个普通的盘扣，他不知道盘扣是空心的，二妹在空心里塞了她的一缕头发。打仗的时候东方铭为了救战友牺牲了，在临终的时候他托战友一定把盘扣带给二妹，让他转告二妹自己食言了，来生一定娶她。二妹摸着盘扣，上面好像还有东方铭的体温，自己和东方铭好像还没有开始就结束了，结束得这么彻底这么决绝。二妹找出东方铭留给她的戒指，戴在了手上，原本她想等着他回来亲手给自己戴上，现在没有可能了。二妹把盘扣放在了戒指盒里，压在了枕下，以后的日子他们都会在一起，再不分离。

这边的阿文也收到了其他同志带来的噩耗，张恩被叛徒出卖，在被追捕的过程中，张恩和敌人同归于尽了。敌人为了泄愤，把他家里的妻子和双胞胎儿女也统统杀害了。村民们没有说出二妹的存在，因此这些人不会追查到这里。二妹恐怕想都想不到，自己在一天之内失去了所有最亲的人。阿文不知道该怎么对二妹开口说家里发生的一切，如果张恩一直不回来，他能瞒多久呢？

九

烟柳街可真热闹，这条街来了多少上海有头有脸的人物，没人数得清。今天，这条街上将有件大事发生——半街香旗袍店开业。

半街香旗袍店豪华得就像它的名字一样，几乎占据了半个烟柳街，它的老板正是人送雅号“半街香”的二妹。在店里跑来跑去张罗事宜的不是别人，是现在的张总，当年的文哥哥。典礼开始了，二妹站在中间的话筒前，优雅高贵，语调还是那样温温的，听得人耳朵痒痒的，但是她的眼神是那样坚定，发出利刃般的光泽，她眼神触及的地方，人会自然地低头垂手，大声呼气的都没几个。

阿文看着台上的二妹，对这个小姑娘体内究竟蕴藏着多少能量到此刻也琢磨不透。自从他告诉二妹家中发生的惨事后，二妹就像变了一个人，她像一条鱼游弋于那些来店里的达官贵人之间，她利用这些人打探情报，搜集紧缺物资，她让阿文关了杂货店，帮她打理旗袍店，旗袍店在他们的努力下成了一个稳定可靠的交通站。可阿文以为，二妹和他不一样，她并不懂得什么叫信仰，什么是为人民服务，她做这一切都是在为亲人复仇，阿文理解二妹心里的恨。可是这样的二妹没有快乐，一个人心里只有恨是不会有真正的快乐的。

忙碌了一天，店里终于冷清了，就像这时屋外的天色，泛着灰又带着一些冰凉。二妹看着店里林立的模特，想起当年在橱窗看见的那两个模特，这些年的自己活得和这些模特差不多，没有感情没有温度没有牵挂没有念想。生命里最重要的几个人：东方铭、表叔、母亲和弟弟妹妹，在同一个时间段被那些刽子手夺走了生命，他们走了，留下她在这个乱世如浮萍飘零。如果当年自己不闹着跟表叔来上海，她不会遇见东方铭，她现在还会陪在母亲和弟弟妹妹身边，无论生死。可老天爷会赏给你苹果、海棠果吃，就是不会给你一个叫“如果”的果子吃。

既然没有“如果”，就认命吧。二妹把自己改造成了真正的“半街香”，她要实实在在地为那些离开的亲人做一点事，生逢乱世，老百姓终日里惶惶不安，过得如丧家之犬，她相信文哥哥描绘的那个穷人当家做主、人人平等的太平盛世，她愿意为这个美好的未来世界努力，哪怕是付出生命。

这些话她从没有和文哥哥说过，文哥哥喜欢她，她早就知道。可是她现在是在刀尖上舞蹈，稍有不慎就会跌入刀丛，血溅四方。她希望文哥哥能和她一样，即使失去了东方铭，也一直坚强地活在这个世上。她相信那些在深夜咽下的委屈和泪水，终有一天是会以其他的方式回来的……

空集

一

走进家门的时候，张好明显感觉到了气氛的压抑。她努力地回想在母亲喊她回来吃饭的时候，微信语音传来的声音有没有异样，不对，她当时在开会，是转换成文字看的，开完会她忙着处理一份文件就忘了再听一遍母亲的语音。想到这，张好懊恼极了，她不晓得今天父母又要出什么幺蛾子。其实，今天张好并不想回家吃午饭，准确说，不是今天，是每一天，可就是因为她太久没回来了,而此前母亲已经多次喊了她回家吃饭，她觉得再不回就有点不近人情，也有点说不过去了，所以开会的时候才咬着牙下狠心似的回了一个字：好。张好感受到了来自对面的同事诧异的目光，她想那一刻的自己面容怕是有点狰狞或是抽搐，同事定是以为自己那么难受是因为会议的冗长沉闷，旋即那目光又变成了惺惺相惜的同情。张好未给任何回应，她的脸又如常般吊得平平的，似涂了一层蜡。

张好和父母在一个城市生活，虽说是首府，可只能算是个三线小城，人口不到三百万，开着车，大概一两个小时就能把城市的面貌尽收眼底。想和朋友聚聚，几通电话，十来分钟就能坐到一张桌子上吆五喝六。有一年去北京出差，张好约一个在那工作的同学见面，两个人查了地图，选了个位于她俩中间的一间小店见面，粗略估计每人需花费一个半小时，地铁倒公交再倒地铁。两个人好不容易见了面，一路上张好已经耗尽了来时的新鲜和激动，心下里倦倦的，心不在焉地和同学撸着串，说了点话，同学看她怏怏的样子，也有点扫兴，于是匆匆告别，再次各自奔命般赶往地铁站，要是迟了地铁就停了。在北京这种国际化大城市，亲戚朋友一年到头见不了几面很正常，可是在这座三线小城，张好和自己的父母一年也见不了几面就很不正常。

城不大，张好却是真的很少回家，她实在是打心底不愿意回来。中式家庭，每一个都像一张蜘蛛网，什么七大姑八大姨、三舅姥姥四舅姥爷，人与人、家与家之间交错纠缠，盘丝接扣的处理不完的各类事体。而张好的父母在家都排行老大，在各自的兄弟姊妹中理所当然地扮演着长兄为父、长姐为母的角色，父母、他们这个小家在张好眼里，就是不停地处在他们的七大姑八大姨的家事的漩涡里来回翻滚、奔波，一年到头张好家里很少有消停的时候，别人家的日子要是一地鸡毛，那她的父母就是不停地在帮别人“捋鸡毛扎掸子”的人，而在“捋鸡毛扎掸子”的过程里，他们家又像是那“羊肉没吃到，惹了一身骚”的主儿，别人的家事像导火索一样牵发出自己家的种种鸡零狗碎，从小到大，张好的生日愿望就一个：希望过几天平静的安宁的日子，可这么简单的愿望，对于他们家而言竟是个奢侈品。

二

张好的家庭是二次组建家庭，父母之间的年龄相差也比较大，大概在十五岁，为什么张好也说不清具体的数字呢？因为她父母这代人的年龄永远是个谜，身份证上的年份永远和他们自己嘴里的对不上，生日也一会儿阳历一会儿阴历，一会儿又说什么没人记得清，就按国庆节过算了，总之在张好看来，他们自己的事是什么都能凑合都能打马虎眼，包括生日，但凡别人家的闲事却是哪一件都等闲不得，不能有一件凑合着应付了事。张好的父母只要喊累，张好在心里只有两个字回应：活该！张好从小填父母的信息只能大概到年份，后来随着学校管理日趋严格，母亲就给她复印了一份他俩的身份证，这样在张好这父母大人的生辰终于固定下来。如果按身份证上的准确日期，他俩的年龄相差整二十岁。但在张好母亲的嘴里，可是一会儿十五，一会儿十六、十八的，没个准。在张好看来，这和她也没多大关系，又不是她找丈夫。

张好的母亲李兰香离婚的时候，三十刚出头，原因平常无奇，就是张好的父亲出轨了。张好的父亲张志奇是普通的工作人员，除了长相白净些，其他也没什么过人之处，但就是这样的一个普通人也有女人稀罕，真是老家人说的，黑馍白馍都下菜。当时，张志奇单位来了个实习生，刚出大学校门不久，“不知怎么两个人就搞到了一起”，“搞到了一起”是所有人对这两个人关系的评价，那时候有个口头语叫“搞破鞋”，大家这么说他俩已经算留了口德。现在离婚这种事人们已经习以为常，更多的时候，张好发现身边有一些人玩乐时总有“红颜知己”或是“蓝颜知己”陪伴，而他们各自的家庭也在正常运转，也许柴米油盐的日子里，来一杯“82 年的拉菲”或是卡布基诺长长精神也是一种调剂吧。

前段时间张好外出学习，时间周期较长，同学兰发微信问候她，她当时忙着处理一件事，对兰的连珠炮微信没空搭理，她猜想兰定是开会无聊拿她打发时间，像兰这样的家庭妇女，除了上班有时间拿她打镲当休息，回了家，外面的世界就是天塌了也得等她忙完家务、孩子才顾得上问一句。有一回张好着急找她问个电话号码，给她打电话不接、发微信不回、发短信不理，等到半夜三更了，张好睡得正香，兰的电话打来了，因为父母年纪大了，张好晚上不敢关机，怕他们有点事找不到自己，兰的电话惊得张好忽地从床上坐了起来，从那以后，张好有好一段时间没办法安睡，为此，张好很久没搭理兰。张好忙完了手头上的事，忽略掉兰前面的数条信息，她晓得那些都是废话，只看了最后一条：是不是在“搞破鞋”？张好撇撇嘴，抿了口手里的茶，慢吞吞地回了兰一句：“果然已婚妇女欢乐多啊。”

张好后来也见过父亲找的那个实习生，除了年纪小，其他真是挑不出哪儿好，矮胖黑，那小眼睛一笑就成了两道缝，再混搭个蒜头鼻子，那模样真叫一绝了，喜兴得很。张好觉得父亲看上她可能就是因为她长得特喜兴，不像母亲，整天耷拉个脸子，特别是一干点活就异常暴躁。有时候，张好觉得在母亲眼里连母亲自己都是那么的不顺眼，母亲偶尔照镜子看着镜子里的自己都是一脸的烦躁与不屑，看不到一丝儿怜爱欣赏。当年，张志奇拎个包，只带了几件衣服净身出户时，冲坐在沙发上挂嗒个冷脸的李兰香撇下一句话：别人的老婆五十了才更年期，你自从和我结了婚睡一个被窝起就开始更年期，没完没了地更，我实在是受够了，我就是想找个正常女人过过平静的日子。李兰香当时被张志奇的突然袭击气得发蒙都忘了回击，等张志奇走了她才如梦初醒，开始对着电视机噼里啪啦地数落，从他们谈恋爱开始一件件的清算……张好那时候还小，但她依稀记得母亲嘴里清算的一件件事情的源头都来自张志奇的妈、张好的奶奶、她的婆婆——在这个守寡拉扯两个儿子长大的大字不识的农妇心里，李兰香一无是处，她的眼睛从没正眼夹过李兰香一眼。两个儿媳妇，她只看李兰香不顺眼，具体为什么也说不出个子丑寅卯，大概就是人常说的不对眼缘吧。两个人八成是命里就犯克，她俩只要坐在一个房间，过不了一会儿屋里的空气就开始凝固，坐在屋里的人后背就觉得有股子冷气渐渐升腾，人的皮肤不由得发紧，起一层细细的鸡皮疙瘩，那一股子剑拔弩张的味道瞬时盖过了饭菜的香味。背地里，张好的奶奶对儿子说，我一看到她那张哭丧脸就来气！李兰香对丈夫说，我一看到你妈那张丧门神脸就别扭！张好左看看“哭丧脸”，又看看“丧门神脸”，暗自无奈：这两张脸多么像亲亲的母女脸啊，那断了尾巴的眉毛，略略吊起，细长的眼睛，看人永远只用余光，不屑里夹杂着不耐烦，两片薄嘴唇，大多时候说出的话又尖又酸，像绿绿的尖椒，冲得人耳朵发麻发蒙。很多时候，外人都会误认为奶奶和妈妈是亲母女，而爸爸是那个两头受气、到处讨好的女婿。就是这样相似的两个人却是天然的煞星，物极必反偶尔也会为人的长相所证实，是多么奇妙啊。

三

李兰香这个常年处在更年期的女人再婚找了一个大她二十岁的老男人，似乎就在情理之中了。可她的这种行为又触怒了另一个女人——张好的姥姥——李兰香的母亲，在李兰香告诉母亲这个叫张强的男人的岁数只比他们小几岁的时候，张好的姥姥勃然大怒，她啪的一下就摔碎了茶几上自己心爱的茶壶，脸因为极度气愤，面皮抽抽着冲李兰香吼道：“你要是敢和你这个爹结婚，就别再喊我妈！”最终，李兰香还是和“她这个爹”结婚了，刚开始的几年他俩确实没有和张好姥姥姥爷走动，因为姥姥放了话不让他俩进家门，他俩也不好去硬闯。但是张好的舅舅们倒是来张好家献殷勤了，李兰香的新男人，他们的新姐夫张强有钱有关系，帮他们解决了很多的人生大事。比如，给大舅家申请到了公租房，虽然面积不大，可大舅总算有了自己的窝，不用再在老丈人的门下看脸色；小舅家的孩子上学，户口不在心仪的学区，也是张强给迁了户口，办了入学，还分了个好班，可以说一步到位，张好的那个势利眼小舅妈，再不像以前见到李兰香这个卖布的大姐那么冷眉冷眼的，每次见面都热乎地拉着李兰香的手一口一个大姐地叫着。还有一点就是，逢年过节，在张好家，这些平头老百姓喝到了茅台、五粮液这些高档货，不是尝一杯两杯的那么喝，是管够喝，喝倒为原则。张好最看不上的就是她的小姨夫，见着这些好酒就没命地喝，划拳划输了喝就罢了，赢了他也抢着喝，基本上每次开的第一瓶酒别人都搭不上嘴，李兰香开始还嫌她这个妹夫丢人现眼，可看张强一副无所谓、还挺高兴的样子，她自己的虚荣心也便在那一刻得到了极大的满足。

李兰香和母亲的关系缓和是在婚后第三年，在张强的提议下，她为父母买了一块墓地。张好的姥姥一辈子是家庭妇女，姥爷虽是个退休干部，可二老之前一直生活在小县城，后来才跟着子女们迁居这个城市。在他们的世界观里人死后只能土葬，姥姥说，只有把这把老骨头安放在土里眼睛才能闭得踏实。姥爷也卷着烟卷附和着说，人就是个土命，生在土炕上，死了也要埋到土里。当城市开始推行文明殡葬——火葬的时候，他们立刻恐慌了，张好的姥姥在儿子们面前哭哭啼啼了好多天，不停地说着车轱辘话，什么死了还要受二茬罪，死了也不得安生……张好的大舅实在听得烦了，就顶了一句："死了啥也不知道了还受啥罪。"被张好的姥姥正好逮住话头骂了个狗血喷头，姥爷在旁边也抡起拐杖助阵，吓得大舅和小舅从姥姥家逃出来就溜到了张好家。李兰香听了两个弟弟的诉苦，不置可否，在老家，给父母置办墓地是儿子的事，女儿是泼出去的水，已经是别人家族谱上的人了。退一步说，就算李兰香自己愿意掏一份钱，小妹也未必愿意，毕竟他们姊妹四个，现在除了李兰香的生活条件好点，其他三人都有自己一脑袋的包要抚平。而李兰香偏偏是重组家庭，张强之前的那个家也是摁了葫芦起了瓢，啥都是他在张罗，谁让张强有钱有本事呢。两个舅舅看李兰香没表态，姐夫也没在家，倒了倒苦水也就悻悻而归了。

等张强回来，听李兰香把母亲和兄弟们之间的事一通掰扯后，他弹了根烟点上，一边吐着烟圈一边对李兰香说，你回去见你妈，让他们二老去看墓地，看上哪买哪，咱们掏钱。李兰香认真瞅了瞅张强，确定他没在说笑，她没想到张强会这么大方这么痛快，她也只是给他吐吐槽，并没指望能有什么实际效果，说到底他只是个二手女婿，他们两人也没孩子，和他过日子的这几年，家里家外的破事一直不消停，要不是碍于自己已经离过一次婚，她真是无数次的不想和张强过了。这时的李兰香想，能让她一直和张强这个别人眼里的“爹”过下去的原因，就是他这种在大事上的稳重果敢，让她有主心骨的安全感。就这样，李兰香和母亲的过节化解了，张好的姥姥如愿以偿地买到了满意的墓地。后来在姥姥下葬的时候，张好去了，那真的是块风水宝地啊，整个陵园松柏苍翠，秩序井然，每个墓都收拾得得体大方、干干净净，姥姥死后能有一个这样安静的世外桃源般的家，也算对得起她忙碌操劳的一生了。而且在陵园的不远处，还有一座远近闻名的寺院——甘露寺，单听这个名字就让人心如甘饴，这个寺据说很灵，只要你诚心许愿一般都会如愿。张好想，不管如不如愿，能去寺院寻找寄托的，大都是信天命的人，所谓得之我幸，失之我命，没有人会抱怨莫须有的神灵，他们只会感恩这些莫须有的存在让自己的心有片刻的安宁与笃定。就像张好这个名字，“好”寓意儿女双全，那是因为在张好出生之前，母亲曾经有过一个儿子，在六个月时意外夭折，等到张好出生，李兰香就给女儿取名“张好”，一是怀念早夭的麟儿，二是寓意女儿一生美好相伴。张好想，母亲虽然文化程度不高，但给自己取的名字却是意味隽永。

四

张好的父母就这样成了两个家庭的主心骨，张家的、李家的大事小情他们都得掺和掺和，张好家就那么一直闹腾腾地过着。张好和继父的关系一直不温不火，张好的性子不随李兰香也不随张志奇，她没有李兰香的火爆也没有张志奇的绵软，用张好姥姥的话讲，这个孩子是个冷性子。张好觉得姥姥的话很准确，“冷”是她身上唯一的标签。她讨厌家里整天沉浸在琐碎的冗长的家长里短里，她讨厌父母一副大家长的嘴脸，到处张罗管闲事，还时不时地受闲气。对于继父，几乎和姥爷一样年纪的一个老人家，她觉得彼此尊重互不干扰是最好的相处方式，她没办法和他有亲昵的表现，就算是和姥爷、父亲在一起，她也是如此，她对谁都热不起来。张好在自己与他人之间，从小就有原则与界限。从表面看，她对所有人都是客客气气的，但是所有人都对她有着一种天然的隔膜。在人们的眼里，这个女孩浑身上下似被一股冷飕飕的凉风包裹，在张好跟前，大家很自觉地提不起热乎劲，她对他们相敬如宾，他们对她敬而远之。

张好大学毕业顺利考入一个事业单位，甫一参加工作，她就对李兰香提出搬出去独自生活的要求，大学四年离开家的生活，她是那么的享受。她和她的同学同样保持着不远不近的距离，他们和她就像熟悉的陌生人，当然，她也有那么一两个要好的朋友，比如兰，能和兰成为好友，是因为兰懂她，懂她的冷，懂她的不食烟火，就像她懂兰深陷柴米油盐而乐不思蜀一样。她和兰也是物极必反的佐证，冰与火一样的两个人偏偏成了知己。别的人交朋友成群结伙，张好的理念却是一生能有那么一两个知己就足够多，也足够幸运了。

张好对母亲提出要独自住回当年父母的老房子，她面无表情地对母亲李兰香说，那个房子原本就是父亲留给自己的。张好的这句话一出口，李兰香瞬间就被燃爆了，她对着张好噼里啪啦、嘁哩咔嚓好一通痛斥，其中必然夹杂一堆对张志奇、对张好奶奶的各种痛恨。张好知道自己要是心平气和地和母亲商量搬出去，是不可能实现的，除非她结婚，否则别想离开这个家，而结婚这件事根本不在张好的人生规划中。她就是要用最狠最直接的话激怒母亲，让她明白自己的决心，母亲痛诉家史的时候，张好一言不发，就那么冷着脸端坐在沙发上听她的声音从高到低，从低到高，又从高到低，直到最后有了哭腔……李兰香最终是架不住张好从那以后整天回家冷着一张脸的样子，在张强的劝解下，同意张好搬出去住。

母亲这边一点头，张好转身又找到父亲张志奇，直冲冲问他自己结婚的时候他打算给多少嫁妆。张志奇在和张好分开的这些年，越来越不了解这个女儿，或者说，他从来没有了解过她。他当年以为张好会记恨自己在她那么小就选择离婚，把她扔给了李兰香，让她从小缺少父爱，可是张好没有；后来他以为随着时间的流逝，张好会疏离他，对他陌生，似乎也没有。事实上，他这个女儿什么时候对自己亲近过呢？张志奇翻遍了脑袋的犄角旮旯，也找不到一件张好对自己亲昵的事情。用了很多年，他才算看懂了张好，这个女儿对他这个父亲、对李兰香、对身边所有人的态度都一样，都是那么的漠然、那么的漫不经心。在他眼里，张好从孩提起就有了完全超出了她那个年龄应有的理智，她对待人和事的状态恐怕很多成年人都达不到，“情绪”这个词在她身上你几乎看不到，她的脸永远定得平平的淡淡的，似乎用不卑不亢来形容也不合适，就是那种平淡寡薄的样子。和她在一起，你会有无形的压迫感、距离感，可在她脸上你又找不到什么高傲、瞧不起人的表情，张志奇找的那个实习生就从来不愿和张好坐在一张桌子上吃饭，她对张志奇说，你这个女儿面上看着温和，可骨子里太冷了，我害怕。张志奇后来见张好，脊背也会冒寒气，也会有怕的感觉，但张好终归是他的亲闺女，他把自己的这种怕解释为愧疚。

张志奇给了张好八万块的“嫁妆”，这是张志奇能拿出手的最大的一笔钱。这些年，张志奇挣的钱都用来给实习生治不孕不育，遗憾的是到了他的钱还是打了水漂，他们并没有生下一儿半女。生不出孩子来的实习生，时间愈久脾气愈古怪，到后来，张志奇发现她似乎变成了另一个李兰香，这个“李兰香”却并不惧怕她的婆婆，在张志奇母亲离世的前几年，他和母亲是断绝来往的，他实在没办法忍受本来应该是他最爱的两个女人像仇敌一样的口不择言地相互谩骂，那些从仇人嘴里都未必能说出口的劣言劣语就那样从她们嘴里喷出来，突突突，突突突，不知道她们伤到没有，伤了多深，每次她俩的嘴一张开，张志奇的心脏就像被人踩在脚底下踬来踬去，揉了个稀巴烂，最后连个薄皮都没剩下。终于有一天，张志奇晕倒了，醒来后，他的心脏架了三个支架，架支架的钱是老母亲掏的。从那以后，他为了活着就尽量让这两个女人老死不相往来。

张好和张志奇要“嫁妆”装修老房子独立生活的时候，张志奇先是惊愕后是羡慕、欣赏，他羡慕并欣赏女儿的自由洒脱独立，他活到大半个身子埋了土都没有想过能有一间可以自由呼吸的房间，他每天最畅快的时候就是一个人开车上下班的路上，他会选一首喜欢的歌，跟着音乐一起放声歌唱，有时候唱着唱着他发现自己的脸湿了，他也不去擦干它，任由它湿了干，干了湿，这个时候的他会回想逝去的岁月和失去的东西。当午因为是婚内出轨了实习生而导致和李兰香离婚，以至于他后面的升迁之路被横刀拦断，到今天他也才是个副主任科员。新妻有不孕症，再生一个儿子的愿望已经落空，现在她又变脸成了另一个“李兰香”。换了新妻后，自己和母亲的关系竟演变为似断了线的风筝，随风摇摆……张志奇每每回想自己的一生，这世上除了还有一脉骨血的张好让他心存善意，就再没有什么值得留恋的了。而在给了张好“嫁妆”后，张志奇有一种心愿已了的轻松，他觉得自己现在就是再像上次那样一头栽倒也没关系，这世上真的没什么让他挂念的了。

五

张好独立生活后，便很少回家。李兰香开始还抱怨，时间长了也习惯了，她恨恨地对张强说，我就当生了一块石头，一块怎么捂也捂不热的顽石。今天她把张好这块顽石喊回来，是有大事要商量。张好坐在沙发上听了李兰香说的大事，张好这个从来没有情绪波动的人脸上也露出了惊诧。李兰香说的大事竟然是她将来和谁合葬的问题。李兰香一直以为她死后会和张强埋在一起，前几天她才知道张强的儿子给他们的母亲买了墓地，是二人合葬墓，他们的母亲在和张强分开后并未再婚，那就意味着他们的母亲是要和张强合葬的。张强的儿子意思很明白，李兰香和张强并没有子女，他们没有合葬的意义。李兰香对张强儿子的意见并未太在意，让她恼火和不想善罢甘休的是张强的态度，他竟然也是这么认为的！那她李兰香在张家算个什么东西？她可是张强明媒正娶的妻子。

张好听了李兰香的话，又惊又好笑，又感觉这事似曾相识，在哪儿看过呢？张好快速扒拉着自己的脑细胞，“祥林嫂”，张好的脑袋里冒出来这样三个字，母亲李兰香不就是现代版的祥林嫂吗？！张好轻轻地摇了摇头，她在母亲的哭声中重温了鲁迅先生的名篇《祝福》。在这个过程中，张强坐在沙发的另一头抽着烟，一言不发，张好知道，他根本没在听李兰香的哭诉，在张强眼里，李兰香就是一个家务做得精明、会照顾男人的保姆一般的女人，李兰香的角色随时有人可以代替，只要有钱就行。可李兰香不行，岁月已经把她所有的精华抽走，她穿着各种花里胡哨的衣服，用着各国的化妆品遮盖自己脸上的褶皱，她和别人学着文眉、去眼袋，可这一切也并没有阻止她变成一个大妈，她甚至比其他大妈看起来更像大妈，她从年轻起就呱嗒着的脸皮，现在彻底地耷拉了，随着脸皮一块耷拉的还有她的眼皮，张好看着母亲如沙皮狗一般的脸面，心生怜悯。

张好想起了姥爷下葬的时候，大舅悄悄地对大舅妈说，你看，妈的棺材还好着呢。大舅妈说，老太太有福，走在前面。张好当时听了大舅妈的话不由地心里冷哼了一声，她还知道姥姥走在前面有福，姥爷在没有姥姥的日子里，住在她那里，她可没少给老爷子摆脸子，虽然姥爷每个月有几千块的退休工资，可就因为姥爷不愿意把工资卡交给他们保管，他们就不给老爷子好脸子。张好曾经劝姥爷把工资卡给他们得了，省得操心受气，姥爷舔舔光秃秃的上颚，对张好说，傻孩子，给了他们会更受气的……

动情哭诉着的李兰香发现身旁的丈夫只顾着抽烟，一声不吭，眼皮都没夹她一下；而女儿张好，眼神迷离，一副神游到九霄云外的样子。合着自己费了半天劲，不过是在唱独角戏，李兰香感觉自己像个跳梁小丑被这爷俩戏弄了，她气哼哼地摔了手边的遥控器，走回卧室，将门“砰”的一声结结实实地关上。坐在客厅的张好和张强，面面相觑了一会儿，张好对张强说，那我回了，这事我管不了，是你俩的事，我能管的就是我妈走了给她买一块好墓地。张好这话是对张强说的，其实也是说给卧室里的李兰香听的，张强冲她摆了摆手，张好起身离开，拉开门的那一瞬，她听见卧室里的李兰香哇的一声痛哭起来，张好犹豫了一下，还是拉开门走了，这个时候能安慰李兰香的只有她自己和自己的眼泪，亲生女儿也不行。

六

马路两边的桃花开了，可是今天没有太阳，阴天里的桃花就显得不那么热烈，也没那么张扬。它这么低调的样子像受了气的小媳妇，委屈让它的脸憋得通红，却不敢声张，隐忍让它看起来多了点沉稳。这个城市的春天太短了，人们还没察觉就一步迈入了夏天。张好不喜欢春天，她印象里的春天都是和风沙相伴的。这几年，生态改造，风沙少多了，可是每到春天还是得刮几场大黄风，那柳树、那杨树、那桃花、那杏花，才像是得到号令似的花红柳绿起来。

张好到了家，换了家居服，觉得头有点痛。她找来一支香薰点上，这种薰衣草味的香薰能缓解头痛、帮助睡眠，张好的家里常年点着这样的香薰，她喜欢家里溢满香香的味道。张好去厨房煲上了一锅养生汤，她晚饭基本上都是喝汤，现在煲汤很方便，网上有各种各样的养生汤料卖，都是搭配好的，连调料都给配好，有点类似方便面，有个锅，倒两碗水，开火熬就行。今天张好煲的是乌鸡汤，她来月经了，需要补补。

汤上了锅，张好又开始煮花草茶。这些花草茶是网上买煮茶器时送的，张好平时都是喝普洱，今天她想喝一点花草茶，她想让花草的甜香冲散母亲带给她的那些嘈杂。张好团坐在沙发上，看着花草在热水中翻滚，那些叶片一点点地舒展，伸缩，纯色的水渐渐晕染成粉红、大红，最后在煮茶器的嘀嘀声中变为深红。张好将煮好的茶倒了一些在一个惹人怜爱的青花瓷碗里，这套可爱的青花瓷可是她千里迢迢地从江西景德镇背回来的。那年张好出差正好路过景德镇，她一眼就看上了这套青花瓷，在和它们对视的那一刻，张好仿佛回到了古时候，她身着一袭白裙，走在如清明上河图般的街巷中，摇着一把团扇，婀娜飘逸……

张好静静地品着茶，手边的书散落在沙发上，喝茶读书，张好的闲暇时光大都如此。在外人眼里，她这个古怪的冷漠的老姑娘，一个人孤零零地过着寂寞的日子。而张好却是如此享受和自己独处的时刻。她品着茶，想母亲的一生，从她记事起，母亲仿佛就是在为别人活着，母亲的手一年到头都浸泡在水中，做饭洗衣服收拾屋子伺候老人，哪一样都离不开水。有一年，她陪着母亲看花灯，母亲不小心绊了一下，猛地抓住了张好的手，张好很久没有抓过母亲的手了，她记忆里母亲的手还是小时候那么绵软，可那天，张好觉得自己抓着的是一张糙纸，那种细碎的粗粗拉拉的感觉让人的手直痒痒。恰如姥爷说过的，母亲的手很适合挠痒痒。

张好过不了母亲那样的生活，也过不了同学兰那样的日子，她也想象过有那么一个人和她一起共度余生，可是这个人至今她还没遇到，也许这一生都不会遇到。但这有什么关系呢？快乐是自己给的。就在张好沉浸在想象中时，微信嘀嘀嗒嗒地响了，小姨的声音从远方传来：张好啊，你弟高三了，数学有的地方一塌糊涂。小姨记得当年你的数学考了全校第二名，你能不能给你弟补一补集合这一块的知识啊……

高考、数学、集合，这些事物就像属于上个世纪。然而，小姨的请求激发了张好的好奇心，她打开百度，查找这些久远的名词，要知道，它们曾是她青春的见证。“集合，有子集、交集、并集、空集……不含任何元素的集合称为空集。空集是一切集合的子集。空集是任何非空集合的真子集。空集不是无；它是内部没有元素的集合，而集合就是有。”张好被“空集”这个名词吸引了，自己的人生不就是一个“空集”吗？在别人眼里，她像个孤寡老人，什么都没有，然而只有她自己知道，她的人生多么丰盈充实。

七

对于李兰香同志会和谁合葬的问题，据说后来张好的舅舅们严肃地和姐夫张强进行了交涉，可并没有得到想要的结果。拖到最后，解决这个难题的竟是张强的前妻，一个干练的老太太。和张强离婚后，她独自带大三个儿子，培养他们个个念成了书，现在也都有一份不错的事业。

老太太并不领儿子们的情，她死后不愿意和张强合葬，尽管她这辈子只有张强这一个男人，可是既然当初选择分开就应该彻底分开，各自过各自的余生，互不干扰。她对儿子们说，自己走后要一个人宽宽敞敞自由自在地睡在那个未来的家里……

儿子们的一厢情愿被母亲打回原形，张强又因此让李兰香心里搁了刺，隔三岔五的心里气不顺就拎出来数落一顿。随着日子越过越远，张强现在完全成了一个老人家，比他年轻二十岁的李兰香就是他生活的全部依赖，他每天除了睡觉就是安静地听李兰香的唠叨、数落。

张好还是偶尔回去看看母亲，母亲现在很少对她唠叨，有时候甚至有点讨好的意思，母亲那张成天呱嗒的脸，见到张好会像牙疼一样咧一下嘴，冲张好笑一下。那天，阳光灿烂，李兰香站在明媚的春光里冲张好咧嘴的时候，张好发现母亲的门牙处空了。

身无分文

一

刘飞龙摸了摸口袋，比肚子还瘪。现在的人，钱都在手机里。刘飞龙从家里怒气冲天地摔了门出来，什么也没拿。这时再看看自己，短裤，拖鞋，光着膀子。所幸周围乘凉的也和他差不多，没人觉得他怪异，只有他自己难为情。

他抱着膀子蹲在路边，这样看起来也像个出来乘凉的老男人。今年的天比往年热，太阳都回家歇半宿了，温度还和中午一样，刘飞龙抬头看看月亮，没那么白，黄黄的像个电暖器，烤着地下的人们。柏油路在白天晒得更黑了，也晒出了油，有女人的高跟鞋在上面盖了章，粗的细的、深的浅的……就在他胡思乱想的时候，肚子不争气地咕噜咕噜地叫起来，比他老婆李晓红喊得还让人烦。后面烧烤摊的香味也很识眼色地飘来了香味，刘飞龙肚子里的那点杂碎打开了仗，火力旺到他有点冒虚汗。今年开始，刘飞龙有了这个毛病，容易血糖低，尤其是饿的时候，不赶紧补充糖分，他就浑身冒虚汗、手抖，真是才刚过四十的人，哪哪儿的毛病都出来了。打个牌打久了、开车开的时间久了就肩膀疼，有一回他疼得穿不上衣服，去医院一看，大夫说是肩周炎，疼了好一段时间，想起当时的那个疼，刘飞龙现在还直咧嘴。后来，他把最爱的打牌都戒了才慢慢好起来。现在保养不到位，偶尔还犯一下，但都在能忍受的范围内。这么蹲着也不是办法，刘飞龙揉揉肚子，用手抹掉脑门上的虚汗，他想到了一个去处。

刘飞龙起身，起得有点猛，他晃了一下，站稳了，招了辆出租车。上车后，司机打量了他一眼说，兄弟，天热出门口罩不戴，衣服也省了啊……刘飞龙尴尬地笑笑，哼唧了一句“太热了”。一路上两人再无话。刘飞龙摸摸短裤口袋，口罩是有的，这年头，谁身上搜不出个口罩才怪。到了地方，他让司机等等，他去取钱。刘飞龙去的是个酒吧，前几年他是这里的常客，那时候他的公司就在附近，每次加完班他都会来这里放松一下。出租车往来走的路上，刘飞龙看着路边这几年如雨后春笋般开发的楼盘，突然想自己要去的地方会不会倒闭了。刘飞龙有时候路过这座城市稍微背一点的街巷，看到半条街都贴着白条，不是出租就是转让。今年以来，刘飞龙的公司也开始裁人了，一个部门正常三个人的岗，缩减成了两个人，另外一个人的活就分摊到其他两个人头上，加班成了家常便饭，可也听不到谁抱怨，能被公司留下而没有赏一盘炒鱿鱼吃吃估计都只有暗自庆幸的份，哪还再敢抱怨。毕竟像他这个岁数的人，房贷车贷消费贷，孩子上学老人看病，七七八八地算起来从起床一睁眼就是欠账，丢了工作这种事，他想都不敢想。

幸运的是，酒吧门头的霓虹闪烁着，那两扇玻璃门有一扇开着，刘飞龙在车上扯着脖子看到了它璀璨亮丽的四个字：小小酒吧。只看到“小小”两个字时，刘飞龙觉得眼眶湿了一下。刘飞龙下了车，飞快地跑进酒吧，酒吧里已经坐了两桌人，他们诧异地看了眼刘飞龙，但目光也没有过多地在他身上停留，连好奇都懒得好奇问他一句，现在的人除了管好自己，没人愿意为别人浪费时间和精力去瞎琢磨。他看向吧台，傻了眼，怎么是一个小姑娘？完蛋了，酒吧还是转让了，只不过名字没换……刘飞龙的脑袋飞速地旋转，他的脸也有点红了，那个小姑娘站在吧台里，看着光着膀子、一脸窘迫的刘飞龙问道：“先生，您是喝酒还是找人？”

“我……你能不能先借我十块钱，我把车费结了，出租车还在外面等着，我以前老来这的，我是这的老顾客，我不知道你们酒吧换老板了……”刘飞龙结巴着又尽可能飞速地表达着自己的意思，他也不管小姑娘听不听得懂，听没听明白，自己叨咕完了，就那么眼巴巴地看着吧台里的小姑娘。

“借钱？先生，不好意思，收银台里的钱都是店里的，我只是个打工的，不能随便把店里的钱借出去。不过，我可以把我自己的钱借给你。”说着，她从口袋里摸出来几张皱巴巴的零钞，刘飞龙连谢谢都没顾得上说，拿了钱就跑了出去，他怕司机等不及走了，那他就真的成骗子了。刘飞龙飞奔着去给师傅结了车钱，师傅拿了钱，冲他晃了晃说：“兄弟，够意思。”看样子师傅以前遇到过说是去取钱就一道金光不见了人的事。刘飞龙又尴尬地笑笑，他想这是他应该的啊，这年头，摊上钱的事就理亏。付了车钱，刘飞龙不着急了，他一边慢慢溜达回酒吧，一边琢磨着这个点给谁打电话来救命。他再次进酒吧的门时，迎面碰到了一个人，“是你！”两个人不约而同地脱口说出了这句话。这个人不是别人，正是刘飞龙光着膀子，身无分文来投奔的人，酒吧的老板娘——小小。

二

刘飞龙气势汹汹地摔门离开家之后，李晓红的气焰一下子歇了鼓。说起来今天的事情，本来也是她理亏。

儿子豆包看爸爸生气走了，一声不吭地依偎在李晓红的脚边静静地玩玩具，他怕妈妈也像爸爸一样离开家不要他了。李晓红摸摸儿子的小脑袋，想起平日里豆包的表现，他不像其他孩子和他们吵闹着要这要那，他们给他什么他就接受什么，任何东西到豆包的手里，他都会把它当成宝贝，一个小玩具车，豆包玩了一年都不腻。事实上，豆包从出生就很乖很懂事，他不像其他男孩那么闹腾，豆包饿了顶多哭两声，告诉大人他饿了，李晓红喂饱了他，他不是睡觉就是自己睁着一双眼噗噜噜地玩自己的小手，周围的人都羡慕李晓红命好，生了这么省心的孩子。豆包真是太乖太懂事了，懂事得让李晓红觉得自己太不懂事了。

今年以来，大环境不好，很多公司不是倒闭就是裁员、减薪，前段时间开始刘飞龙的公司也裁员了，刘飞龙因为是技术人员才没有被裁,但往常两三个人的工作都压到了一个人身上，工作量那是成倍地增加，刘飞龙天天早出晚归地加班，可是工资待遇却是一减再减，大不如以前。而李晓红的公司从她入职的那一天起就一直是半死不活、苟延残喘的样子，她那时随时都做着公司倒闭的准备，可是十多年过去了，公司依旧是那么有一口气没一口气地活着，就是从去年开始到今年大环境最艰难的时刻，很多好端端的公司都难以为继了，他们公司还和以前一样残喘着半口气开着张，这个公司的存在似乎和大环境没什么关系，不靠它活也不靠它死。李晓红有时候想起公司的状态，觉得这恐怕是活人的最高境界吧，谁都不靠，自生自灭。

今天李晓红和刘飞龙吵架的原因还是为了李晓红娘家的事。

李晓红的父母是再婚，再婚的时候一人带着一个拖油瓶，李晓红是女方的拖油瓶，男方带的拖油瓶是个男孩，叫张俊豪，比李晓红小一点。虽然李晓红和弟弟不同父也不同母，可是感情非常好，比很多亲姐弟都更亲些。李晓红是个火暴性子，和她的亲生父亲一样，点火就着，她母亲就是因为实在受不了从一睁眼就在咆哮中度过每一天才无奈选择离婚。母亲对李晓红说："和你爸在一起的那些年，我的心一直是悬着的，从来没有放到它该放的位置上，脑袋里整天都是大喊大叫的声音，连睡觉都感觉躺在一个挖掘机旁边。"因为李晓红父亲的呼噜声也和他的大嗓门一样惊人。母亲再嫁的这个人，是她离婚后跳广场舞认识的，比母亲大七八岁，他的上一任妻子因患癌症去世了。一起跳广场舞有意撮合他俩的人是这么介绍老张的：老张是个好人，从他爱人生病就一直亲自伺候着，最后两年他爱人都瘫在了床上，也是老张一把屎一把尿地像照顾孩子一样伺候过来的。女人患的是脑瘤，瘫在床上的那两年渐渐失去了意识，到最后和一个傻孩子差不多，连饭都不会自己吃了……

母亲听了老张的事有点感动，经常和他在一起跳舞，她也满意老张那绵软的性格，他对任何人都是笑眯眯的，从来不发脾气。尤其是有一回跳完舞，他俩从公园的小路往外走，不知从哪冲出来一个小孩，拿着自己手里玩的水枪对着老张滋了他一身，孩子的水枪里不知道灌的什么水，又黑又臭，老张跳舞的白裤子一下子被糟蹋得看不成了。李晓红的母亲都气坏了，打算狠狠教育一下那孩子，可当事人老张却不慌不忙地从兜里掏出纸巾擦了擦裤子，又笑眯眯地摸着吓傻了的小孩的脑袋说："来，伯伯给你的水枪洗洗澡。"说着话，老张把小孩水枪里的脏水倒了出来，又把自己带的干净的水灌了进去。然后，拍着孩子的脑袋说："没事了，去玩吧。"本来很害怕很紧张的小孩，接过水枪，对老张和李晓红的母亲深深地鞠了一躬并说了声谢谢，扭头跑远了。母亲给李晓红讲完这件事，很郑重地总结道，从来没有小孩给自己鞠着躬说谢谢，老张的身上有我们没有的大仁义。

就这样，李晓红的母亲和老张再组了家庭。老张虽然比母亲年龄大，可是他结婚晚，要孩子又拖了几年，所以他儿子张俊豪比李晓红还小了月份，他们俩都是 1980 年出生的，都属猴，李晓红生日在三月，张俊豪在八月。张俊豪的性格和他的父亲老张一样，温和绵软，他对这个陌生的姐姐丝毫不排斥，有什么好东西都要先问问李晓红要不要，李晓红不要了他才留下。李晓红有时候在学校受了气，或者也不为什么就是心情不好，就会拿张俊豪当出气筒，不是对他冷言冷语，就是骂他，偶尔还会动手揪揪张俊豪的耳朵或者踢他的屁股。张俊豪从来都不生气，他对李晓红的骂或者打都只是一声不吭地笑一笑，转而不是出去给李晓红倒来一杯热水，就是给她拿来一个母亲今天买回来的最好最大的水果。最后，闹得李晓红都觉得没意思，事情也就过去了。李晓红对母亲说，张俊豪和他父亲一样，也很仁义。

三

然而就是这么仁义的父子俩，老天爷也没多眷顾他俩一点儿。先是老张下了岗，准确讲，还不能叫下岗，一个私人工厂无所谓下岗不下岗，说白了就是厂子黄了工人失业了。老张失业后，因为年龄和身体原因，找不到什么合适的工作，最后还是李晓红托了同学才给找了个看大门的活儿，因为是夜班执勤，愿意干的人少。可老张不嫌弃，他心里挺满意的，看大门每个月两千多的工资和他在工厂的时候挣得也差不多，最重要的是他不用待在家里吃闲饭了。母亲还有点儿不满意，嫌上夜班熬人，担心老张的身体，她给老张说等晓红来了给说说看能不能找个上白班的。老张赶紧拦住了她说，已经给孩子添了大麻烦了，他再熬几年，把养老金交到六十岁，就可以退休了。这年头，有学历的年轻人都不好找工作，更何况他这种除了有病什么都没有的半老头子。母亲也知道李晓红有多大的能耐，遂也作罢。老张就这样开始了黑白颠倒的上班生活。

老张还没消停几个月，这边儿子张俊豪又没了工作。张俊豪从小学业平平，除了脾气好，其他的都有点儿拎不清，初中毕业考高中差了十来分，老张和母亲拿出他们的积蓄磕头拌蒜地让张俊豪上了私立高中，为此老张父子非常感激母亲。母亲背地里对李晓红说：“你可要好好学习考上大学啊，妈没有那么多的积蓄去供两个高价生。”李晓红听了母亲的话，撇撇嘴说：“妈，你搞错了没有，我是你亲生的。”母亲拍了她一巴掌说：“俊豪对你可比对亲姐姐还亲！”李晓红当然不会在意母亲给俊豪花钱，在她心里俊豪早就像她的亲弟弟一样了。张俊豪就这么用钱夯出个高中，最后也只考了个大专。到他毕业后，满大街的本科生都不好找工作，他一个大专生更别提了，最后还是当时的准姐夫刘飞龙在和他们公司合作的一家公司给他谋了个打杂的差事。可今年过来，李晓红那个半死不活的公司还能继续存活的时候，张俊豪工作的去年还风风火火的公司却垮了。张俊豪和同事就是被公司热闹的表象蒙蔽了，老板拖欠了他们两个月的工资后，卷铺盖跑掉了，张俊豪哭丧着脸抱着一台同事塞给他的旧电脑回家待业。

老张刚靠李晓红有了工作，自然不好意思再张嘴给李晓红说让给张俊豪张罗一下工作。张俊豪也为自己的没用自卑，上学就花了家里那么多钱，姐姐都没计较，现在又要她给自己再找一次工作，都是同龄人，姐姐从来没给父母找过麻烦，自己一个男子汉一点儿脸面不给他们长不说，还老是出状况，张俊豪把自己关在房间里暗自唉声叹气。最后还是李晓红的母亲看不下去了，替这爷俩张了口，求了情。李晓红看着埋着头一声不吭的张俊豪，心里又气又心疼，她重重地叹了口气说：“我回去给你姐夫说说，试试看吧。”领着儿子回家的路上，李晓红先在心里扒拉扒拉自己的人脉，上次给老张找看大门的活也是运气好，她认识的人里还真没个在哪能说了算的。不能再去求人给找个看大门的活吧，俊豪年纪轻轻的看大门，怎么看都不那么光彩，更何况俊豪还要找对象成家，现在的姑娘一个比一个现实，哪有人愿意找你个看大门的。李晓红心想，俊豪的工作还得指望刘飞龙。

好不容易等到刘飞龙加班回来，伺候着他吃了饭，看他和儿子在那聊天、玩儿，心情不错的样子，李晓红抓紧时机给他说了俊豪的事。听了李晓红的话，刘飞龙帮忙不帮忙的倒没说，闲话先摆了一堆，李晓红开始还耐着性子想着听听得了，毕竟是她在求人家帮忙，没想到刘飞龙越说越起劲，把李晓红的暴脾气一下子拱了起来，于是，两个人你一言我一语地把这些年来两家的陈芝麻烂谷子的事情都翻出来吵了个大闹天宫。最后，刘飞龙气急败坏地摔门离家出走了。

防盗门咚的一声被关上之后，李晓红的气一下了没了，她知道刘飞龙心里憋着气，天天加班累得跟狗一样，工资还一天比一天少，刘飞龙父母的身体常年不好，他经常要给贴补些看病的钱。刘飞龙还有一个姐姐，早些年离了婚，一个人带着女儿生活，他心疼母女俩不容易，也时不时地帮衬着点。也就是说，刘飞龙和李晓红这小两口，除了负担着自己的日子外，肩上的担子也是一摞又一摞。有一回，儿子坐在那吃云片糕看动画片，刘飞龙拿起一片云片糕，一层一层地剥下来对李晓红说：“这是你妈你爸，这是我妈我爸，这是我姐你弟，这是我外甥女咱儿子。”剥到最后，手上只剩下沾在上面的白色粉末，刘飞龙对着手吹了一口气说：“这是咱俩。”小两口就那么看着那白色粉末飘散在空气中不见了踪影……

四

此刻的刘飞龙坐在吧台旁边的那张桌子上，刘飞龙是这的常客，经常坐在这里。他也不再光着膀子，他的身上套了件白色的T恤衫，T恤衫上印着六个红字“无偿献血光荣”，是老板娘小小给他找的，是前段时间她去献血时人家送的。

桌子上摆了一盘瓜子、一盘话梅、一盘锅巴，还有一碟酱牛肉和一碟花生米。酱牛肉和花生米是刘飞龙点的，那三盘小零食是老板娘小小送的。小小说感谢他还记得她这个小店，她这个朋友。刘飞龙听了这话心跳得咚咚响，眼圈发红，脑门子出了汗，他暗暗地骂自己太他妈没出息了，一个大男人这一晚上都有几回想掉眼泪了！刘飞龙和小小碰了碰杯，说：“来的半路上，我真怕你这店没有了。”小小笑了笑说：“为了等你我也得坚持下去啊。”刘飞龙听了这话，愣了一下，旋即喝了一大口啤酒说：“你就会调侃我，你还不是为了等那个谁！”说完这话，刘飞龙恨不得扇自己两巴掌，小小要等的那个人再也不可能回来了，那人是小小的男朋友，是个探险家，那年和一群驴友去探险，在一处险滩失足掉了下去，当年官方出面找了好久也没有找到，最后只能不了了之。小小听了刘飞龙的话，脸色暗了一下，但那也只是一瞬间的灰暗，她甩了甩刘海，笑着对刘飞龙说："说错了话，就要罚酒，要罚一大杯。"刘飞龙认真地看着小小，确定她确实没有为他的失言生气，他的一颗心又落回肚子里，心甘情愿地举起杯子咕嘟咕嘟喝了一大杯。

刘飞龙和小小边喝边聊，聊过去聊现在，聊那些有的没的，时间刷刷地过去已经到了后半夜。酒吧里的其他客人已经走光了，那个借给刘飞龙零钱的小姑娘也下班回家了。刘飞龙有了点醉意，他迷瞪着两眼看着小小说："这么晚了，你老公不催你回家吗？"小小甩了甩刘海，往酒杯里扔了颗话梅，细细地抿了口酒说，我还是一个人。刘飞龙愣住了。他看着眼前这个容颜已经有些苍旧的面孔，那是即使用了高明的化妆技术也掩饰不了的苍旧，小小已经不是当年那个酒窝里盛满粉嫩的小姑娘了，刘飞龙想自己的儿子都要上小学了，小小竟然还是一个人。小小好像还比他大一点儿。

刘飞龙大大地闷了一口酒，问小小："那个人找到了吗？"问完，刘飞龙就觉得问了一句废话，那个人要是找见了，小小还会是一个人吗。小小摇了摇头，跟着又说了一句："找到找不到的，现在都不重要了。"刘飞龙似乎真有点醉了，他没听明白小小这话是什么意思，他也没精神搞明白是什么意思，这和他有什么关系呢。他带着酒意伸出手，抓住了小小的手，想把她从桌子对面拉到身边，小小挣扎着，想挣脱刘飞龙伸过来的那只手，可她最后还是拗不过刘飞龙，只好起身从对面过去坐到了他的身边。

小小坐在刘飞龙身边后，刘飞龙并没有更多过分的举动，他只是静静地用力地握着小小的手，过了一会儿他靠在沙发的椅背上睡着了……小小侧头看着刘飞龙沉睡的还算英俊的面孔，闻着他身上散发出的男性特有的雄性的味道，她心里莫名地找回了当年的那种踏实的安全感，她轻轻地靠在刘飞龙的肩膀上，也闭上了眼睛……

五

刘飞龙醒来的时候，天已经蒙蒙亮了。他看了看靠在自己肩头上的小小，阳光透过玻璃门打在小小的脸上，女人眼角的皱纹藏下了丝丝光线，刘飞龙想给她抹平那些纹路，遂又为会有这种可笑的想法感到不可思议。他用还晕乎着的脑袋使劲想了想昨晚的情形，可以确定的是自己除了紧紧拉住小小的手就再没做过什么过分的事。

他抬头看到了吧台上的钟，该回去了，要不上班要迟到了。刘飞龙轻手轻脚地把小小放在沙发上，起身准备离去，刚走到门边，他又转身把身上的 T 恤衫脱下来盖在了小小的身上。他把卷帘门小心翼翼地拉下来，在路边招了一辆出租车回家。这个出租车司机和昨晚的司机一样投来异样的目光，但这个司机什么都没说，只是默默地开着车，他大概想到了这是个和老婆吵了架跑出来的可怜男人。小小在刘飞龙轻手轻脚把她往沙发上放的时候已经醒了，但她没有惊动刘飞龙，让他默默地离开了，这些年她生命里离开的人太多了，她已经习惯了。

出租车飞快地跑在回家的路上，一路上，隔三岔五的就能看见穿着黄马甲，挥着大扫帚的清洁工，还有骑着电动车、戴着各色头盔飞驰着送餐的外卖小哥，和他们比起来，刘飞龙觉得自己没那么苦了。车快到小区门口的时候，刘飞龙张望着车外，想看能不能碰见一个熟人借点车钱，他真看见了一个熟得不能再熟的人，那个人就是自己的老婆李晓红，她站在小区门口来回地张望着。刘飞龙不知道她在那里等了多久，他让司机把车停在了李晓红身边，李晓红见刘飞龙从出租车上下来，一脸的欣喜，刘飞龙让她给司机付了车钱，两个人一前一后地上楼回家。李晓红本来上来就想问问刘飞龙一晚上没回家干什么去了，可看着走在自己前面光着膀子的刘飞龙，她只觉得心里的一块石头落了地，觉得没必要再问什么了，他愿意说自然就会说了。

到了家，儿子豆包睡得正香，刘飞龙看了看儿子，俯身亲了亲他的小脸蛋，这鼓囊囊的小脸蛋真像两个小豆包。刘飞龙洗漱完，李晓红已经准备好了早饭，两个人沉默着吃了早饭。吃完饭，刘飞龙进卧室换上了李晓红准备好的衣物，在落地的穿衣镜前，刘飞龙看到镜中的自己两鬓已经有了白发，他叹了口气，紧了紧领带，好让自己看起来精神一点儿。出门时，刘飞龙对站在门口送他的李晓红说：“今天我去公司和同事打问一下俊豪工作的事，我尽力吧。”李晓红对他投来感激的一笑。

下了楼，刘飞龙拿出手机，手机里有几个未接，一个是老婆李晓红半夜打来的，自然是问他什么时候回家，也就是那时候她可能才发现刘飞龙连手机都没带。还有几个电话刘飞龙一一给回了过去，原来都是昨晚李晓红打过去找刘飞龙的，他们又给刘飞龙打了回来。刘飞龙一一给他们做了解释，道了谢。挂了最后一个电话，刘飞龙又想起应该用微信给小小转账付一下昨天的酒钱，打开微信，刘飞龙才反应起来，他根本就没有小小的微信，这些年他们之间甚至连电话都没有。

到了公司楼下，刘飞龙打开手机里的支付码支付车费，手机屏上显示的余额那么刺眼，才早上九点，刘飞龙就被这刺目的光晃得睁不开眼……

两个世界

一

晚上的时候，鲁南正扫地，头忽然有点晕眩，笤帚有点抓不稳。他把笤帚把插进簸箕杆上，走到书架上拿了血压计，在一阵嗡嗡嗡声后，血压计显示高压160、低压105。鲁南沮丧地关了血压计，坐在椅子上缓口气。这样的情况持续了一周左右，鲁南每天早晚监测一次。看样子非得到医院开药了。讳疾忌医，是鲁南的老毛病，改不了。大概也没想过改。就像他至今一个人生活，没想过改变一样。就像他留了几十年的发型，也没想过改变。在鲁南的身上有很多一成不变的东西，熟悉他的人，第一天见他什么样，几十年过去了还是什么样。而他心里明白，他们看到的只是他的表皮，他的内里却是从不曾让别人走进过。

鲁南留短发，干练的寸头，一年四季休闲装，偶尔正式场合着衬衣，却从不打领带。他说，留着结婚那天打。这一天等了将近二十年，都还没到来。打开衣柜，他的领带倒是挂了整齐的一溜溜，都是朋友们在他生日时送给他的，希望他早日打上它，喝上他的喜酒。可熬到现在身边也没人给他送领带了，一把年纪的人了生日不生日的谁还在意。身边的人都忙着给孩子过生日，他这个王老五随便几杯老酒一桌好菜便打发了。

这几年，鲁南也在潜移默化地发生着变化，以前他喜欢闹腾，怕一个人待着，怕那些他想忘记的在他一个人的时候席卷他。那些年，这个城市各条街道上的大大小小的酒吧他都玩遍了，他的发小们在喝到一定程度的时候都曾自豪地拍着胸脯给人夸自己的“英雄事迹”：知道吗？哥们，别的不敢说，这个城市酒吧行业的繁荣昌盛，我们这群人可是功不可没。这话倒不是吹牛，在KTV不流行的年代，泡吧就是年轻人打发时间、交朋会友、畅谈未来选择最多也最佳的场合。

那是鲁南的年轻时代，也是鲁南人生最灰暗的日子，随着沈娜的突然离去，鲁南把自己变成了一个酒瓶，他整日整夜地往里面填酒，那时候真的是年轻啊，鲁南这个酒瓶怎么灌都灌不满，不只鲁南，他的发小们也是如此。现在他们偶尔相聚的时候，看到有谁先趴在了酒桌上，都会感慨一番当年，大碗喝酒大块吃肉，那时的人生真如同金庸先生的武侠世界，全是快意恩仇。哪像现在，喝几杯酒，家里不是老婆唠叨，就是孩子噘嘴，每天眼一睁就得出去给银行打工，要按时按点打房贷车贷消费贷，生怕留下不良记录，不仅影响自己打“飞的”，还影响孩子升学出国……

那天喝完酒，发小老杨和鲁南从饭馆出来往回溜达，他拍着鲁南的肩膀头，狠狠地吸了口烟说：“老鲁，要我说咱们这代人是啥好事都没赶上。你看啊，咱们大学毕业，国家不包分配了；上班了，国家不分福利房了；现在二胎放开了，老婆年龄又大了，不好生养了，就是能生，咱也得掂量掂量能不能养得起；好不容易攒点钱想给儿子买个房备着吧，又限购限贷了；这过了四十就盼着退休过几天清闲日子，钓钓鱼，旅旅游，国家又延迟退休了……”老杨的话鲁南以前在一篇文章上看过，当时没在意，现在这话从老杨嘴里说出来，鲁南心里就有了那么点酸涩，他看看身边的老杨，和自己年龄差不多，可是这些年在政府机关写材料写得，那脑袋早早地就谢了顶，路灯打在上面油光瓦亮的。

“老鲁，沈娜是好，我们都知道她好，可她走了，走了二十来年了，你也该放下了……”

沈娜，这个名字突然从老杨嘴里说出来，鲁南的脑袋一时没反应过来。这么多年了，老朋友们都几乎没人提起这个名字了，他新认识的人更是不知道这个名字和这个人的存在。是啊，二十来年过去了，鲁南可是一点儿也没觉察时间飞逝。这些年，他一直站在原地等这个当年答应给他扎领带的女孩。“当年”，鲁南在心里埋葬的“当年”，那是鲁南一辈子的疼。因为一时的犹豫怯懦，鲁南失去了人生最宝贵的感情，失去了对他最好的女孩。他不知道现在除了等，还能做什么，而这样等下去是赎罪？是内疚？还是别的什么？夜深人静的时候，鲁南也会拷问自己，一直也拷问不出个所以然来。

“任你怎么耐心地等也是等不到的，大哥，你告诉我，这世上有人复活过吗？”鲁南最铁的兄弟任北方每每看鲁南一副要把牢底坐穿的死样，也总是以一脸无奈又恨铁不成钢的表情反问他，得到的回应一如既往的是鲁南牙疼般的咧咧嘴。鲁南有时候拉开衣柜，久久地看着挂着的那一排排齐整整的领带，在某一瞬间，他觉得那些领带仿佛在他眼前隔断为两个世界，那是两个平行时空的世界：沈娜在那边，他在这边。

二

第二天一早，阳光打在车窗上，鲁南看着蓝蓝的天被墨镜染成了灰蓝色，他跳上自己的那辆悍马越野往医院驶去，可在拐个弯就到医院门口的时候，他猛地调转了车头，把车朝城外的山边驶去。手机微信提示鲁南挂的专家号即将排到，请他到诊室外候诊，过号不候。鲁南删了信息，脚底将踩油门的力度猛地加大，汽车发出了轰轰轰的声响，一路高歌西去。

鲁南和沈娜好了八年，高三一年，大学四年，进入社会三年。沈娜年华里最好的八年一直陪在鲁南身边，那时候的鲁南和其他男孩一样什么也没有，除了发自内心地对心爱的人许下自己的一辈子。到了今天，鲁南比同龄人拥有的多得多，可他能给沈娜的却还是当初那个一辈子只爱她一人的承诺，其他的沈娜都用不到了。

春天，山上的风比城里大多了，总带着点狂野不羁的味道。鲁南站在不高不低的山头，风吹得他的外套哗啦啦响，他俯瞰着这座生活了几近半生的城。目之所及的城一日繁似一日，在他上高中时寥寥可数的楼宇，现在遍地开花、鳞次栉比。以前专家说这座城市地处地震带，不宜修建高层建筑，所以老城区的楼房基本在六层以内。而今，城市超速发展，专家的观点也在与时俱进，现在这座城市经过勘探又可以像北上广一样建高楼大厦了。于是乎，在寸土寸金的今天，开发商们恨不得盖起的楼房能直接通到玉皇大帝的天庭，把王母娘娘的蟠桃园变成自己小区的后花园。

山上一日，地下也一天，天色渐渐昏沉下来，太阳一点点地躲到山后藏起灿烂的面容，像个娇羞的姑娘，披着金色的面纱回到了家中。鲁南又一个人在山上度过一日，在他看来，适当地放空自己比看医生可能更容易让血压稳定下来。

手机在茶几上不停地震动着，鲁南窝在沙发里，一动不动。他昨晚自己在家喝多了，根本听不到手机发出的嗡嗡嗡的震动声，更不会看到手机不停地闪着蓝光。睡眠不好，鲁南每晚都要靠酒催眠，日积月累，鲁南的酒量已经到了没朋友的程度。酒桌上的鲁南，没人见他醉过，他喝多了最大的失态就是话稠了点，有点黏人。

此刻的鲁南裹着被子窝在沙发的一角，眉头微微蹙起，呼吸很平顺，偶尔有朋友来家做客，会笑话他把沙发都睡塌了。鲁南的房子面积近百平，一个人住，很宽敞。两个卧室，一间做书房，一间被他改造成健身房，健身房的角落支了张单人床，基本上是提供给偶尔来家的客人。客厅里放着一张硕大无比的沙发，鲁南喜欢沙发，只有深陷在沙发里，他整个人才觉得踏实放松。鲁南的夜晚属于沙发。

手机倔强而又顽强地一遍遍地闪着亮光，茶几上的空啤酒罐终于看不下去了，桌边的一个罐子一个跟斗翻到了地上，啤酒罐砸在瓷砖地上的哐啷声总算惊醒了鲁南。鲁南有点生气，他正做着和沈娜在一起的梦，沈娜抱着他的臭脚丫在剪指甲。自从有了沈娜，掏耳朵、剪指甲这些外人眼里的脏活，沈娜都特别乐意去做。她第一次捧着鲁南的脚丫子要给他剪指甲的时候，吓了鲁南一跳。在鲁南的印象里，除了小时候他妈给他剪过指甲，还从没有哪个女人这么专注地捧着自己的臭脚丫子耐心地做着修整。鲁南在沈娜的眼里看不到嫌弃，她的眼里都是疼爱，有一次沈娜的指甲刀戳狠了，把鲁南的脚指头皮剪破了，鲁南倒是无所谓，不就破点皮嘛，一个大男人。沈娜却掉了一地的眼泪。看着泪眼婆娑的沈娜，鲁南觉得自己就是被剪掉一根脚指头也值了。而梦中的鲁南正是在享受沈娜捧着他的脚丫子的温暖时，却偏偏被一通电话，不对，是几十通电话霍霍了。

他眼睛都没睁利索，看也没看是谁，拿起电话就没好气地喊：“谁啊！”

话筒传来舅舅的低吼：“你个臭小子在干什么？你妈病了，快来医院！”

鲁南赶到医院的时候，酒还没醒透。舅舅闻到他身上的酒气，狠狠地瞪了他一眼，又重重地叹了口气，对还迷迷瞪瞪的鲁南说：“医生说你妈是脑出血，得做手术，需要亲人签字。”鲁南眯着眼，在护士拿来的各种表格的家属签字那栏龙飞凤舞地划拉上自己的名字，边划拉边想，母亲得高血压很多年了，老太太平时很注意控制饮食、情绪，药也一直坚持吃，从没间断过，这几年还会定期体检，怎么好端端地就脑出血了呢？

三

鲁南的父亲在他很小的时候就离开了家，至今杳无音信。传言说父亲带着一个女人私奔了，可是个什么样的女人谁也不知道。母亲不信，她想不通每天按时吃饭、按时上下班、按时睡觉，就连和她同房的时间都按时按点的一个人怎么会和其他女人私奔呢？她不相信丈夫会出轨、会私奔。她认为丈夫是被人谋害了。可是又是什么人、为了什么谋害他呢？

警察也只能在职责范围内调查，没有鲁南父亲的尸首出现，就不能随意定性为谋杀案，只能当做失踪人口立案，毕竟一个成年人，有很多理由离家出走。这么多年，鲁南的父亲就那么生不见人死不见尸，在户口本上空挂着。除了鲁南，舅舅是母亲唯一的亲人。舅舅对鲁南低声嘟囔："不知道你妈当时怎么搞的，发现的时候她已经倒在地上昏迷了。手里刚买的豆腐还落在一边，幸亏有人路过及时发现，打了120，否则……"

母亲手术出来，大夫对鲁南他们说，手术还不错，但是出血的位置不好，家属要做好心理准备，病人可能会半身不遂。听到这四个字，鲁南的酒一下子醒了，他家隔壁有个阿姨就是这样，有时候他回去看母亲，能看见阿姨的老伴儿推着坐在轮椅上的阿姨出来晒太阳，轮椅上的阿姨脸色黑恰恰的，毫无光泽不说，还带着将死之人的灰突突的阴气。阿姨的老伴儿也是眼神空洞，看什么都是一副半死不活的样子。似乎这场病把他们俩彻底掏空了。他听母亲说，阿姨要是留在医院一直做理疗就能恢复得更好点，可没人愿意给她花钱，他们老俩把钱都投资给了子女，到头来自己病了，子女却没有一个愿意花钱。鲁南听后想，对阿姨老俩来讲恐怕这才是致命的一击吧。坐在轮椅上的和推轮椅的，对生活都是绝望的。这个世上，给我们温暖的是亲人，给我们痛苦的也是亲人，可能正应了那句：你不杀伯仁，伯仁却因你而死。

容不得鲁南在那里胡思乱想，护士检查了一遍管子、针头和各种仪器，把鲁南喊过去叮嘱了一大堆注意事项，这个脸圆嘟嘟，眼睛带着光的小护士，看鲁南满脸茫然无措，眼睛昏沉，气色也不太好的样子，给鲁南建议说，你家要是条件允许就请个护工吧。晕头转向的鲁南，像抓住了救命的稻草。他赶紧冲着小护士小鸡啄食般不停地点头说："允许，允许，允许。"就这样在小护士的帮助下，鲁南给母亲请了护工，高级的那种，鲁南请得起，也舍得花钱。鲁南开着一家文化公司，效益还行。母亲退休前是高级会计师，退休后有很多公司请母亲做账，可鲁南公司的账从来不要母亲这个会计能手插手，他不愿母亲深入甚至踏足自己的生活，尤其是沈娜离去后，他和母亲之间就树起了一堵墙，除了他们自己，没人能看见更没人能推倒。

母亲如大夫所言，半边身子真的不能动了，嘴也有点歪斜，说话时口中像含了颗糖，呼噜呼噜说不清楚，还会流口水，所以她不愿意说话。母亲利索了一辈子，现在这样子，她自己都嫌弃自己，鲁南看出来母亲在自己面前尽力维护原有的形象。可病人就是病人，由不得自己。一次护工下楼买饭去了，正好鲁南过来看母亲，他坐在母亲身边看手机，母亲就那么躺着，偶尔看他一眼，母亲会偷偷拭去嘴角流出的口水。母亲的房间没有怪味，她身上也一样清新，护工说母亲要她每天给她冲一回澡，她会单另给她一千元。鲁南知道母亲有钱，她拿高级职称的工资，再加上这些年干私活，母亲手里有了一笔不菲的存款。从小到大，母亲并没让没有父亲的鲁南比其他孩子过得差，甚至比他们过得还更体面些，鲁南很感激她，让自己对金钱很漠然，也正是如此，鲁南的文化公司反而很容易拿到合作项目，和他合作过的公司对他评价最多的就是他这个人不贪，大家一起挣钱。鲁南倒没那么伟大，他也喜欢钱，只是他喜欢和别人共享，这是沈娜教给他的。沈娜从来不会独霸鲁南的情感，她说让自己快乐的不是占有他，是每时每刻都能享有他。

母亲和沈娜却是截然不同的两类人。母亲霸道、独裁，她对鲁南的爱是压迫式的霸占。大学四年，是鲁南最放松的四年，虽然他和母亲也在一座城市，可毕竟不用再朝夕相处，并且他的身边一直有沈娜陪伴，那四年，鲁南真的很快乐。如母亲和沈娜这样两种心性截然相反的人，最终不能在一个屋檐下躲风避雨，或许是正常的该有的结局吧。

四

鲁南坐在母亲身边，问母亲是怎么晕倒的？母亲闭上眼睛假装睡着没听见他的问话。鲁南也没继续问下去，因为他看见母亲的眼角流下来一滴泪。他有点吃惊，装作什么都没发现去了客厅找吃的，等他再进来时，母亲的脸干干的。

鲁南决定查一查到底是怎么回事。现在到处都是天眼，哪有秘密可言。鲁南托了朋友，查母亲那天晕倒的路口的摄像头，不巧的是，能看见母亲的那个摄像头正好坏了。朋友说，咱们可以去路口附近的商家看看，现在这些商家的门口也装有摄像头。鲁南找了个时间，让一个派出所的朋友领着他，一家家地查，路口不大，也没几家店，在一家烟酒店的监控里，鲁南发现了母亲，她和一个男人打了个照面，男人迅速逃离了，母亲看着男人离开的方向，双拳攥得紧紧的，过了一会儿母亲倒在了地上，再后来就是路人发现了她，她被120拉走了……朋友帮鲁南要来了这段视频。

鲁南没事的时候就反反复复地看这段视频。可以肯定的是，母亲的晕倒和那个匆匆离开的男人有绝对关系。可他们没有任何肢体上甚至言语上的交流或是交集啊。然而那个男人的背影，鲁南觉得好像在哪儿见过，每次看视频，那个男人转身离开的瞬间，鲁南心里都会涌动出一些亲切熟悉的情感，可他把自己身边熟悉的人扒拉个遍也对不上这个人的模样。

这天，鲁南又在家看视频，门铃响了。鲁南开门一看，是舅舅来了。鲁南和舅舅的感情一直很好，他们亲起来有点像哥们。母亲老是训舅舅，长辈没个长辈样。舅舅不理母亲的训斥，他这个姐姐，古板、教条又霸道，但有一样，刀子嘴豆腐心，她说什么你听着就行，你该干什么就干什么，她也拿你没辙。

舅舅举起手里的袋子，说："臭小子，看我带来了什么？你舅妈给你卤的肉，都是你爱吃的。"在舅舅舅妈眼里，鲁南和他们自己的孩子一样，甚至比对自己的孩子还要好一些。就因为鲁南是没有父亲的孩子。鲁南看着舅舅手里的袋子，笑得像个小屁孩看见了心爱的吃食一样，他舔舔干裂的嘴唇，咕噜咽了一大口口水。舅舅把卤肉袋子放到茶几上，随手清理了一下桌面，他的手碰到了桌上的鼠标，电脑上的画面一下子动了起来，舅舅看了一眼画面愣在了那里，拿啤酒回来的鲁南看舅舅盯着屏幕发愣，难道那个人舅舅认识？

鲁南一遍遍给舅舅放着视频，最后，舅舅一脸疲倦的以毋庸置疑的口气说："是你的爸爸，没错。""爸爸"，这个词语这些年在鲁南家几乎绝迹。自从母亲放弃寻找父亲后，他和母亲似乎在心里达成了共识：父亲已经去世了，不用也不能再提起。鲁南和沈娜在两个世界，母亲和父亲也一样在两个世界。

五

那晚，舅舅和鲁南一边喝酒一边聊过去的事情。那是父亲走之前的事，是母亲从来不对鲁南提及也永远不会提及的事。

"你妈妈和你爸爸当年能成为夫妻，到现在我们这些外人看，都是一个谜。你妈妈因为从小你姥爷对她高要求，而且过分严厉，所以她的性情冷漠、霸道，可她又做事严谨，追求完美，所以你妈妈成了个好会计。你爸爸的性情一般人看不透，他的脸就像他的身量四平八稳，生活很规律也很规矩，那时都传言你爸爸和另一个女人跑了，你妈妈不信，就是我们这些外人也不信。你爸爸每天除了家和单位两点一线，在其他场合很少见到你爸爸这个人，最多就是每周去养老院看一次你奶奶，直到你奶奶去世。”

“那他为啥突然就离开家了呢？”

“不知道啊。没人知道啊。你妈自己也不知道为啥。你妈开始还到处找，后来找累了，也死心了。我们都猜你爸是发生啥意外了，你妈嘴上也这么说，可我知道你妈在心里一直不相信你爸不在了，你妈这个人就是这样，认死理，执拗，认准的事十头牛都拉不回来。这视频里虽然是个背影，但我一看就知道是你爸，就那四平八稳的劲儿没人能代替。那你现在啥想法，打算找着他，问明白了？”

“我……没想好。我想让我妈看一眼视频，可我怕她再受刺激。再说，我想他现在可能已经离开这儿了，他跑了这么多年，估计很怕再和我妈这么猝不及防地相见吧。”

“你爸和你妈他们的事都过去这么多年了，现在他们也都老了，也许有一天他们自己想明白了，我们这些外人也就知道事情的究竟了。可你小子呢，就打算这么耍光棍一辈子？那女孩再好，可她死了，回不来了。我知道你心里怨你妈不接受她，女孩才去了外地打拼，才会出了车祸。可这就是人的命。你怎么知道她一直留在你身边就能好好的，什么都不会发生呢？你妈要是当年听你姥爷的话，不找你爸，她是不是也不用这样活一辈子了。这都是事情发生了，我们站在事情之外的猜测，改变不了什么的。”

“那，舅舅，我现在过的日子是不是就是我的命？”

六

过了一段时间，母亲的状态好多了，人也开朗了起来。

鲁南再次试探着问母亲那天的事情。母亲擦了擦嘴角，把水杯放下，她示意鲁南扶自己去窗前的沙发上。窗外是个小花园，母亲行走自如的时候，常常在那里锻炼身体，现在正是花园最好的季节，各色的花都在竞聘上岗，努力展现自己最美好的一面。花园里的小屁孩一日多似一日，有很多在乡下的老母亲、老父亲被城里的子女接到楼房带孙子，他们喜欢孩子在广阔天地享受日月的洗礼，他们和城里的老人不一样，他们更愿意孩子和土地打得火热，阳光、土地、新鲜的空气，在他们眼里胜过一万个维生素粒。

母亲倚在沙发的角落，眼睛看着窗外花园里逗弄孙子的老人，嘴角有了笑意。母亲费力地对鲁南说：“你看见那个在红色花束旁边的老太太了吗？”鲁南认真地够着头看下去，说：“看到了，穿个花短袖。”

“那是我送给她的。”

“嗯，我就说那衣服看着眼熟。妈，她的身形和您差不多，可她穿着没您好看。”

“你什么时候也会拍马屁了？”母亲的嘴还有点歪，说话不能太多太长，说几句就得擦擦要流出来的口水。

“她从附近的郊区来的，照看二孙子，儿媳妇毛病多，嫌她不讲究卫生，嫌她睡觉打呼噜，两个人闹得很不愉快。她和我说，大妹子，她就是嫌咱穷，她家是个啥处长，我是个种菜的，俺要是像你一样会拨拉算盘珠子，能挣来票子，你说她还会嫌俺吗？”

鲁南不知道母亲怎么也开始这么婆婆妈妈了，以前她从来不和自己说这些家长里短，母亲和别人的母亲不一样，她给鲁南的印象是冷静的独立的，也可能就是外人看到的冷漠。她不喜欢被人打扰，自己的儿子都不行。从小他和母亲就是一人一个房间，别的孩子小时候都会和母亲一起洗澡，而鲁南从来没有过。

“我有时候会想，要是你爸爸没离开，我的生活会是什么样的？”

“你爸爸”，这是鲁南这些年第一次从母亲嘴里听到这个词。他为母亲端来了水杯，母亲摇了摇头，她好像有点疲倦，靠在沙发上身子像猫一样团起来，这场病，让母亲成了一个真正的老人。以前，她是多么精神啊！

“这些年我过得还不错，以前我想不通你爸爸为啥突然离家出走，后来就放弃了，放弃找也放弃想了，有他没他我都得过自己的日子，日子是我自己的，和任何人无关。我想明白了这点，我的日子也就好过了起来。”

母亲还是拿起水杯润了一下口，她顺势又擦擦嘴角和额头。鲁南把窗帘拉上半拉，这会儿的太阳有点大，花园里的“花短袖”不知什么时候已经不见了。

“小孩子该午睡了。”母亲像是看透了鲁南的心思似地说道。

“妈，你要不要也休息一下？”鲁南其实很想母亲继续讲下去，可他看母亲的脸色比他刚来时差了很多，一副很累的样子，既然母亲愿意提起父亲了，以后讲也来得及，现在的鲁南眼里没什么比母亲的身体更重要的事了。

七

鲁南再见到母亲的时候，是在医院的太平间。

护工说，那天早上一起来，老太太就嚷嚷着下楼转转，平时她们也会下去转一转，做一做康复。护工打理好家事，就推着老太太下了楼，到了花园，老太太让护工把她从轮椅上扶下来，她要走一走。这都是很正常的啊，平日她们都是这样的。老太太慢慢走走恢复身体机能，护工就在她旁边也挥挥胳膊甩甩腿锻炼着。

老太太走着走着，突然看见前面有一朵花开得很特别，她指给护工看，护工也觉得这朵花和其他花不一样，老太太说，你看像不像《红楼梦》里的林黛玉，看着弱不禁风的可透着一股子冷傲的美。不管护工听没听明白老太太的话，反正她跑过去想替老太太把花摘下来，带回家去养几天。就在护工刚离开老太太的当口，一个小孩踩着滑板车不知从哪儿窜了出来，只听老太太哎哟了一声，就被滑板车撞倒在地上，当时就晕了过去。送到医院，医生给老太太做了紧急抢救，可老太太还是走了。

母亲进医院的时候，鲁南正在外地谈项目，等他赶回来的时候，母亲躺在了医院的太平间。母亲的身上盖着一面白色医用被单，鲁南握住母亲的手，冷冰冰的。他轻轻地喊了声“妈”，母亲的嘴角似乎是动了一下，鲁南又喊了几声“妈”，舅舅过来拉起鲁南，说：“小南，别喊了，你妈走了……”

在医生办公室里，主治大夫对鲁南解释，像他母亲这样的病人最怕的就是二次摔跤，很容易造成二次出血。而鲁南的母亲正是医学中最怕的这一种病例，任谁也回天乏术。鲁南看着医生的嘴唇一张一合，像一个无底洞吞咽了母亲剩余的惨淡的人生。那个圆圆脸的护士，领着护工给鲁南道歉，虽然鲁南母亲的死和她们没有关系，但她们还是表达了同情和歉意。

紧跟着，鲁南在派出所见到了肇事小孩的家长，其中一个“花短袖”拉着鲁南的胳膊哭得鼻涕都掉到了鲁南的袖子上，她不停地来来回回地说着一句车轱辘话：“我对不起我的老妹子啊，是我没看住孩子啊……”

鲁南没有心思去处理后续的一些乱七八糟的事情，他全权委托给了朋友的律师事务所，由他们去处理。

鲁南和舅舅一起在姥姥姥爷的墓地不远处，为母亲也买了一块墓地。墓地有单坑、双坑，鲁南买了双坑的，舅舅拍了拍鲁南的肩膀，好像他懂鲁南的心思一样，事实上鲁南也不知道为什么要给母亲买双坑的墓地，只是他的直觉告诉自己，母亲从来不是一个人，他自己也是。

四季如春

一

徐太已经在梳妆台前坐了大半天，她在细细地描眉，画唇，给脸上均匀的拍脂粉。

徐太的眉从小就是断的，整条眉毛只有三分之一勉强算有眉毛，其他地方是空的，和眼皮连成一片。上学的时候，徐太不好看，主要就是因为这两道断眉，她的脸总显得有点呆气。高中时，徐太就学会了化妆，可在学校她不敢，她好歹是老师眼里的好学生，只有那些不学习的流里流气的学生才化妆，那时候，老师化妆的都很少。她当时的班主任，是老人说的那种“大刀眉”，眉毛长得扎扎乌乌的，她那张脸就给人一种破马张飞的感觉，一个女人，脚又奇大，通常都得 40、41 的鞋码，那时在学校，每次看老师风一程土一身地冲进教室，徐太就在心里告诫自己，女人千万不能活得这么粗鄙，精致才是女人的标签。

没错，精致。徐太从上大学开始就在精致上下功夫，她通常要比其他同学早起一个小时，用来洗漱捯饬，学生时代的化妆品都很廉价，徐太是宿舍里第一个买化妆包、化妆镜的人，她的化妆品大多是便宜货，可是琳琅满目，齐齐整整，倘若谁有个什么事需要化妆，无论缺什么都能在徐太那找到，她是女生宿舍化妆品百宝箱。徐太的学业平平，化妆技术却是一流。大学毕业，她转行干美容美妆也是水到渠成。

徐太今年花甲有二，她家里最显眼的就是那张定制的堪比餐桌的化妆桌，化妆桌上她的口红不是只有那么几支，而是根据色号一样一支，眉笔、修眉刀、粉底、卸妆水，……你听过的、没听过的，见过的、没见过的，一应俱全。徐太这里就是一个小型的化妆品超市，而且，全部都是高档货。现在徐太已经是大家口里的“流金老太”了，徐太的精致背后是烧钱的美容美妆事业，她的美容美妆馆是一家有名的连锁企业，现在是她的儿子在打理，徐太只固定的在每年年底拿分红。

化了几十年的妆，再高级的化妆品都或多或少含有化学成分，徐太从花甲过来就很难像之前那样把妆画得自然从容。脸部的沟壑和失去水分与弹性的干瘪，粉底很难像从前一样再涂抹得那么均匀，让人看了察觉不出她的脸上着了粉。眉毛似乎也比其他地方的毛发脱落得更快更决绝，真是越是缺什么，什么东西就越是和自己无缘。徐太在心里暗自骂道：“眉毛这玩意和男人一个德行，欺软怕硬加喜新厌旧。”

徐太在镜子前画了大半天，脸上的妆容总算和以前的水准相差不多，有的地方她还是不太满意，可上课的时间快到了，她再不出门就会迟到，所以徐太扔下了手中的眉笔，去换衣服。

徐太今天穿的是一件碎花旗袍，她找到了和这条旗袍搭配的坤包，想了想，她捏了一只口罩在手里出了门。

二

出了单元门，徐太想了想还是抄了近路，这条路要经过一座小花园，这个点花园里都是和徐太差不多年龄的老头儿老太太在锻炼身体，或是在遛孙子、遛小狗。而徐太要赶去老年大学上课，这学期她学的是国画。

晨起的空气舒服极了，徐太走在小路上，听着鞋子发出的嘎达嘎达的脆响，她的身子不由地又挺直了些。忘了带折扇，徐太心里有点遗憾。可这点小插曲在她的心头一出溜就不见了踪影，她被路旁的鲜花吸引了。这个季节是小区最好的时光，当初她买这里的房子，就是看上了小区的高级绿化工程，就算这些年比这里更高档的小区到处建得鳞次栉比，这里的绿化竟还是能拔得头筹。当年种下的核桃树、桃树、杏树，春天看花，秋天结果，小区的物业每逢八月十五中秋节都会给业主赠送一份果篮，真是取之于民用之于民啊。

徐太摘了一朵小黄花捏在手心里，她想今天在课堂上，她就画一画小区的鲜花好了。正当她惬意地享受着这静谧的晨光时，前面传来了“你是我的小呀小苹果，怎么爱你都不嫌多……”的歌声，徐太蹙了蹙眉头，又是这群跳广场舞的。现在社会上把“大妈”作为一个奇特的物种对待，而“广场舞大妈”是这个物种中更为奇妙的一个分支。这不，桃花刚刚怒放，就有人在网上说，又到了大妈们爬树的时节了。果然，很快就有大妈晒出了在树上的“美照”，徐太搞不懂这些人的心态，一个个肥硕的身子攀爬在树上，既不美观也不吸引人，还招来骂声一片，图什么呢？跳广场舞的也是，不知从什么时候起就遭起人的白眼来，音乐一响，就有人吐槽，有的话可是难入耳得很。徐太想，这也怨不得那些吐槽的人，实在是这些大妈们都太放飞自我了，把那句古话“少要稳重老要狂”演绎到了极致。

距离音乐声越来越近，徐太的步伐越来越快，她得快速地穿过这里，她不想遇到任何影响她心情的人。

“徐太，徐太，你做啥去啊？”

徐太假装没听见这喊声，她脚下的步子倒腾得更快了，可是她的高跟鞋不允许她这么放肆地快走。“哎哟”，徐太的脚崴了一下，再看脚下，细细的跟正好卡在石头缝里，徐太拔了一下，鞋子纹丝不动。就在徐太和鞋子较劲的时候，喊声已经到了眼前。

“哎哟哟，徐太，你的鞋子卡住了啊，我帮你，我帮你……”

说着话儿，一个胖胖的腰身弯了下去，徐太忙着说：“不用，不用，我自己可以搞的，李妈妈，不麻烦你啊。”这个李妈妈是徐太的邻居，她们的相识是因为她们的孙女是同学。

李妈妈和徐太不同，她是典型的居家老太太。年轻时，她好像在暖瓶厂还是皮鞋厂上过几天班，后来连着生了几个孩子，她男人对她说：“你回来把孩子和家照顾好就行了，别上那劳什子班了。”李妈妈至今耿耿于怀，逢人就说要是当年她一直上着班，就是厂子倒闭了，现在也能领养老金呢，不至于啥都伸手和旁人要。李妈妈说的旁人就是指自己的老伴儿，早些年家里不富裕，老伴儿对钱手还挺松，随着年龄的增长，身上又添了老年病，什么高血压、冠心病、糖尿病，天天药吃得比饭多之后，老伴儿对钱就看得越来越紧了，李妈妈出门买菜都得掂量着点。

李妈妈很胖，生养了几个孩子的她丝毫没有保养的概念，她或许很早就不穿文胸了，她的两个肥硕的乳房就那么耷拉在胸前，夏天的衣服薄，就是广场舞的动作很温和，她的胸前也是甩着的，她的甩动，没有美感，只让人感到岁月对一个女人的无情宰杀。女人在李妈妈这代人里，可能只分两种：生孩子的和没孩子的。而生了数个孩子的女人，和男人有什么区别呢？她们在生活中，可能比男人更皮实，更经得起风吹日晒，她们嘴里的浑话有时候男人都接不住，她们的手敢在大庭广众之下伸向男人的裤裆，有这些女人存在的家，即使没有大富大贵，但日子必是火热的，一年四季，她们都趴在锅沿上，蒸炒烹炸，她们的脸总是油涟涟的，她们的腰身过早地就已经和水桶一般，她们只有到了过年的时候，会去小区门口的大众理发馆烫一次头，满头的羊毛卷子，照映得她们的脸盘更圆满、双颊更下垂，尤其是那叠了好几层的肚皮，活似个米其林。

三

李妈妈扭动着大屁股，三摇四晃，噌，鞋跟从石头缝里出来了，可是徐太前几天打的鞋掌依旧卡在石头缝里，那块四四方方，边角圆润的黑色胶皮，像一只眼睛带着点嘲讽看着李妈妈和徐太。

李妈妈的阔脸窘迫得冒出了汗珠，徐太心里很气，可脸还是平平淡淡的，小心地跺跺脚，说：“李妈妈，不碍事的，还可以走路，我回去换双鞋子就好了，麻烦您了。”看徐太没有生气，李妈妈的心落下来，她又恢复了出厂设置，没心没肺地笑着说：“徐太，你这是要去干什么呀，我还说这几天要找你好好聊聊呢。”徐太不晓得她又要和自己聊什么，她现在最后悔的就是那天答应了孙女顺路带着她的同学——李妈妈的孙女一起回家。徐太就这样认识了李妈妈，徐太的本性有点独，她对李妈妈的超浓度热情完全没有招架的能力。以前她身边也有类似的人，但在见识了她的几次冷漠之后都自动走出了她的视野，只有这个李妈妈完全无视她的冷漠，是的，完全无视。徐太越是冷淡，这个李妈妈反而越热情，她对徐太说只有自己人才不需要虚伪的客气。自己人？什么时候她和她是自己人了？对李妈妈这种和常人不一样的脑回路清奇的人，徐太最后也只有选择敬而远之。可这千防万防的，今天还是没逃开李妈妈的眼睛，徐太又被李妈妈缠住了。

李妈妈不顾徐太的反对，执拗地陪着徐太往回走。徐太因为鞋子少了一个脚掌，两只脚就不那么平衡，走起来有点跛，没办法，只能减速慢慢回去。其实，天知道徐太多么想一下子就飞回家去，离开这个除了睡觉时才让嘴休息的李妈妈。为了少和李妈妈说话，徐太边走边向老年大学的老师发信息请假，她想只要手里有事干，就不用理睬李妈妈的滔滔不绝。唉，今天的国画课就这么泡汤了，徐太在心里长长地叹了三口气。李妈妈并不管徐太拿手机做什么，她慢慢地跟着徐太走着，嘴巴却是一刻没闲着，飞快地上下翻飞着。不管徐太乐不乐意，李妈妈的话还是有一些强行地闯入了她的耳朵。

“徐太，这次你得帮帮我，帮我拿个主意。”

“什么？拿什么主意？”徐太只听到了李妈妈的这半句话，至于她要自己拿什么主意并没有落到耳朵里。

李妈妈很有耐心，她一点儿也不为徐太对自己的心不在焉、须臾应付而不开心。她不厌其烦地从头把刚才的话给徐太又讲了一遍，只不过这次她没有太多的描述，只陈述了事情：她的二女儿生了二胎，想要李妈妈去帮她带一段时间孩子，因为这边孙女已经上了小学，留下爷爷帮忙接送就可以了。这边儿子儿媳和老伴儿都不太愿意，她要是去了女儿那边，家务就得儿子儿媳承担，老伴儿隔三岔五的也得做做饭，买买菜什么的。可李妈妈心疼女儿，几个孩子就这个二女儿嫁得最远，这个女儿也最孝顺，若不是实在没办法，女儿绝不会劳累她的妈妈。老伴儿和儿子看她有心要去，就和她讲，女儿得给她开工资，她才能去。

徐太听了李妈妈的话，不晓得她要自己替她拿什么主意，是去带孩子呢还是向女儿要工资呢？眼看着快要到家了，徐太不想李妈妈以此为借口和她一起回家，上次李妈妈去家里，她不仅把徐太的家看了个遍，还把徐太那一大桌子的化妆品逐一翻了个遍，害得徐太整理了半天才恢复原状。徐太假意走累了，站下来和李妈妈说话，她不想再绕圈子，她对两只眼扑棱棱地望着自己的李妈妈说："那您是要我帮你拿什么主意呢？"

"徐太，你是见过世面的人，不像我，一辈子围着锅台转，你说像这样向女儿要工钱合适吗？"李妈妈说着话，手不自觉地在衣服上擦了两下，徐太看着李妈妈那双纹路粗糙的厚墩墩的手，心里涌上一些同情，这个没有收入的女人，是多么需要保障啊。

"合适。工作就要拿工资，天经地义。现在外面找一个保姆得大几千不说，还不那么让人放心。只是不知你女儿的家里条件如何，她有没有能力给你开工资？还有就是开多少合适呢？”徐太脸上是真诚的，话语也是恳切的。

李妈妈的胖脸堆起了笑，她很开心徐太认为自己拿工钱是天经地义的事，她知道家里的老伴儿和儿子是自私，不想让自己去外地，现在徐太这么说，她心里踏实了很多，毕竟向自己女儿要工钱显得有点不通人情。但她也想过了，她已经帮儿子女儿每人都带大过一个孩子，现在女儿生的是二胎，她要是提出付工钱的要求，应该也合情理，她可以比外面雇的人要的价格低些。

“徐太，听你这么说我心安多了，你知道的，向自己女儿要工钱总是有些难为情。我家里啥样你大概也知道一些。我从年轻就靠老伴儿养活，现在儿女都大了，老伴儿对我反而把钱看得紧了。我也看出来了，谁都靠不上，只能靠自己。这次要不是他们父子俩难为我提出要向女儿要工钱，我也没想到自己还能挣钱。上个月，居委会通知我，说我符合最近推出的一个养老政策，就是一次性交三万五千块钱，以后可以按月领工资，死了还有丧葬费。我当然高兴了，以后每个月领多领少都是自己的钱，我老了，也花不了多少，死了还能给他们留点儿钱。我想这是个好事吧，回家给那爷俩说了，可谁知道，他们理由找了一堆，说到底就是都不愿意给我交这个钱。我做牛做马几十年，连他们几万块都换不来，寒心哪，徐太，我有时候觉着活着也没多大意思。这次，女儿喊我去带孩子，她给不给钱我都是要去的，我不想再伺候这些白眼狼了。但我还是想把这几万块钱交了，人老了还是得有点保障的。国家既然给了我这个福利，我就得争取享受上。徐太，你是挣大钱的人，我这种家庭妇女的苦你就当听个笑话吧。”李妈妈憨厚的脸上露出些许苦涩，徐太一直以为像李妈妈这种女人活得没心没肺，应该很开心没烦恼。可是眼前这个女人，所有的青春和时光都给了家庭，到头来，她亏待的只有自己，在所有人眼里她作为女人、母亲，她的付出都是理所当然的，都应该是无偿的。

可是，凭什么呢？

四

徐太还是和李妈妈在楼下分开各自回了家，不管她再怎么同情这个女人，她还是不能忍受别人打扰自己惯常的生活。

一回到家，徐太立刻坐到化妆镜前花费了半天工夫，把自己辛苦画好的妆容卸下来，以前她回家不会这么快卸妆，都等到要休息的时候才开始洗漱，顺便把妆卸下来，随着年龄愈长，化妆品在她脸上停留的时间越长对她的皮肤损害就越深，她的皮肤现在已经很娇弱了，得更加精心地保护才行。镜子里的徐太从一个精致的美妇人变成了一个皮肤松弛、眼皮有些耷拉的老人家，时间对每个人都是公平的，只是改变的程度、快慢不同罢了。徐太换了一身家居服，材质是精美的绸缎，极好地勾勒出了徐太的身形，这个岁数的人还能保持这么匀称紧致的身材，徐太也同样下了很多工夫在上面。

手机嘀嗒响了一下，徐太猜着会是杨开飞，果然，一看头像就是他，只有他会选这么凌云壮志的图片。杨开飞是徐太老年大学的同学，从徐太上国交课开始，这个杨开飞就一直紧随着徐太的课程，今年徐太临时从书法班调换到国画班，开课两周后，杨开飞也调到了国画班。徐太倒不是十分讨厌杨开飞，只是这个年龄的她是不会再去考虑个人问题了，年轻的时候她一直忙事业,无暇顾及个人感情生活,几近二十多年的单身生活，她从中年的忙碌到晚年的享受，徐太的内心已经建成了一座属于自己的王国，萨特说“他人即地狱”，徐太深以为是。

徐太泡了些大米，把冷冻的鸡翅拿出来一袋放冷水里解冻，本来今天她打算下课后就在外面随便解决一下，顺便逛逛街，可现在上不成课了，她就在家搞点饭吃。徐太从厨房出来，简单收拾了一下家里的卫生，她不需要太费力地整理，每周日会有一个钟点工阿姨固定来给她收拾一次，徐太不愿把时间浪费在这些琐事上，这也是她一直努力打拼事业的原因，不就为了让自己的生活随心所欲点吗。想想为了几万块就觉得活得没意思的李妈妈，徐太不由得摇了摇头。

徐太不愿再去想这些鸡毛蒜皮，并且是些和自己本就不搭边的事情。徐太甚至为自己变得婆婆妈妈有点懊恼，她煮了一壶颜色艳美的花草茶，茶的香气在房间氤氲起来，徐太拿起了毛笔，今天她一定要画一幅早晨在花园里见到的花儿的画。她抿了口茶，刚落了几笔，还没见一朵花的雏形，手机又响了，这次不是信息，竟然是视频通话！徐太非常不开心地放下笔，她看见杨开飞的头像在闪，她没想到这个人竟然是这么的拎不清，竟然要和她视频通话，简直匪夷所思！她摁掉了电话，将手机关机，这次她不能再犯对李妈妈那样心慈面软的错，拒绝就是态度，她需要杨开飞明白她和他只是普通的同学，连朋友都谈不上。

后面安静的时光徐太过得很惬意，她自认为画了一幅很好的春花图，反正她是画给自己看的，自己满意就好了。看看时间，接近中午了，今天早晨虽然有那么多糟心事，但徐太不会让这些鸡零狗碎影响心情。她把画贴到墙上，收拾好画具，去厨房准备午饭。徐太把米饭焖到电饭煲里，又取出空气炸锅做之前解冻好的鸡翅，米饭焖着，鸡翅炸着，她又顺手用炒锅扒拉出一个小青菜，一顿荤素搭配的午饭就做好了。

藕荷色的餐桌上，摆着一盘鸡翅、一碟小青菜，还有一杯红酒，每次吃饭都要喝点红酒是徐太多年的习惯，她的睡眠不是很好，微量的红酒有助睡眠。中午喝点红酒，徐太就能睡个好点的午觉。徐太顺手拿过来手机，一早上没开机，她得打开看看，万一有什么重要的事呢。手机开机后，叮咚叮咚地来了几个信息，有几个是广告信息，徐太直接删除了。杨开飞的头像紧跟着闪了一下，徐太点了一下，跳出来三个字：“明白了，”

后面还加了三个感叹号。徐太的嘴角撇了撇，嗓子眼里发出一声鄙夷的“哼”，这把年纪还这么幼稚。“明白了！！！”你明白什么了，你什么都不明白，老糊涂一个。

杨开飞让徐太想起了前夫，那个文文弱弱又敏感多疑的人，当年徐太忙于事业，他不能给她多少帮助不说，还总是对她疑神疑鬼，怀疑徐太在外面乱搞，徐太挣得钱越多，他的疑心病就越重，最后徐太实在忍受不了这种精神折磨提出了离婚，他倒也没怎么纠缠，要了儿子和一套房子，到今天，他们两人反而相处融洽了些。前夫后来对徐太说，你们都觉得钱越多越好，可钱多了我就紧张，你挣得越多我越紧张，我知道你不会在外面乱来，可我没办法，我只有这么做才能缓解我的紧张。徐太想，这大概就是常说的三观不合吧。

五

徐太很长时间没在院子里碰见李妈妈了。徐太想，李妈妈应该是到外地的女儿家带孩子去了。

徐太每周依旧要去上国画课，只是那个叫杨开飞的老头儿不见了，听说他又调回了书法班。果然，年龄永远不是一个人成熟的唯一条件。可惜了他那些凌云壮志的头像，徐太把这个人从通讯录彻底删除，包括那些原本就没留下太多记忆的记忆一并剔除干净。

花开花落，春天过去，盛夏也快到了尾声。这一天，徐太走在小花园的石子路上，她的脚又不防备地扭了一下，不过这次并没有鞋跟卡在里面，她穿的是一双平底绣花老北京布鞋。徐太低头看脚下表面已经磨得光溜溜圆润的石子时，想起了那个胖胖的弯腰给她拔鞋跟的身影，她好像又听到了那个响锣一样的声音喊她“徐太、徐太”。徐太不由得抬眼望向了小广场，广场的那棵大柳树下真的有一只手费力地冲她挥动着，那是一个坐在轮椅上的妇人，会是谁呢？那只手是在召唤她吗？徐太环顾四周，小路上就她一个人兀自站立着，并无他人，应该是在呼唤她吧。徐太拢了拢身上的披肩，朝那只挥动的手走过去。

穿过一片花丛，离那个轮椅只几十米的样子时，徐太终于认出了轮椅上的妇人，这不是李妈妈吗？李妈妈坐在轮椅里，整个人不再是原来瓷实的丰满，她的脸泛着惨淡的白光，身体虚肿，几个月没见，她好像老了十多岁，以前的脸颊因饱满而显得鼓蓬蓬的，让人觉得她的嘴里总是含了一块糖；现在她的脸颊塌陷，面皮如一块膪肉松弛地耷拉下来。她以前的嗓门是多么洪亮啊，脆生生的，如锣鼓音，现在她的嘴里真的是含了一块糖，她的嘴里呜噜呜噜地搅拌着发音，徐太听明白了，那是向她问好呢。徐太不知道怎么掩饰自己的惊诧和不解，她用手里的手绢给李妈妈擦干净了她因为极力想对自己问好而流出的口水。徐太轻轻地握住李妈妈两只无力的手，问她：“你这是怎么了呢？”

“她呀，非要去给女儿带二孩，自己的身体自己不晓得吗，有高血压的，高血压不能熬夜，不能受累的，熬了两个来月，那天早上就晕倒了，送去医院，医生说是脑梗。哎，命是救回来了，人就成了现在这个样子，上厕所都要人扶，哎……”声音从徐太的身后传来，是一个老头儿，徐太看他用纸在擦手，估计是去扔垃圾了吧。老头儿身上穿的看不出来是灰色还是黑色的西服，好像是借来的一样，明显大了一号，他并不算宽厚的身子大咧咧地在衣服里晃荡着，脸上的胡子不多，应该很久没有修整过，很像徐太以前班主任的眉毛，乌乌扎扎地在脸上刺棱着，整个人看起来邋里邋遢，又有点猥琐，徐太猜想老头儿应该是李妈妈的老伴儿。

“你是徐太吧，经常听我家老太婆提起你，她对你可是又崇拜又羡慕，是该羡慕啊，你看看你的样子，再看看她，真是啥福气都没有的。”老头儿边说边上下打量着徐太，叹着气为自己家的老太婆惋惜道。徐太听了他的话，在心里冷哼了一声，女人没福气还不是男人没本事嘛，徐太把心里的鄙视带到了脸上，她对老头儿的话充耳不闻，就像身边没这个人聒噪一样。

“你好好休养啊，李妈妈，改天我再去看你，现在的医疗条件好了，你听医生的话，很快就能康复的。”徐太又握了握李妈妈的手，把手里的手绢塞到了她的手里，对她做了个擦嘴的动作，李妈妈的手捏紧了手绢，垮塌的脸上终于堆上了笑容，这熟悉的笑容让徐太的心里打了个冷战，她握住李妈妈的手，扬头对轮椅旁的老头儿说："那辛苦您好好照顾我们李妈妈，李妈妈常夸您会疼人，这次您就受累了啊。"老头儿本来对徐太的爱答不理有点不爽，转脸徐太又突然对他这么客气，他一时竟手足无措起来，搓着一双黑黢黢的大手说："应该的，应该的。"

徐太在李妈妈恋恋的眼神中转身走了，她背身而去的时候，没看见身后的李妈妈脸上有两行泪轻轻滴落。落日就在不远处悄悄坠下，夕阳的美，有着朝阳的金色璀璨，但是它的暖中总掺杂了一丝踏上归途的清亮。秋凉的时候，徐太又会踏上去海南度假的旅程，这些年，徐太的一年四季都是春天。

阁楼男女

一

步天是个程序员，上班时间朝九晚几不定，从进公司第一天起，步天从来没按合同写的朝九晚五作息过，他除了面试当天迟到，上班后竟是一天都没迟到过。这唯一一次迟到，于他算是因祸得福。面试那天，下着小雨，这座南方一线繁华都市进入了梅雨季，天天雨水淋淋，人们早已习惯，人人手里拎着把伞，花花绿绿的各式都有。伞，步天并不觉得累赘，下雨了可以遮雨，出太阳了可以挡紫外线，走累了还可以拿它当拐杖支撑一下缓解疲劳，挺实用的。

早班的地铁一如往常，拥挤，到处人头攒动，肩膀挨着肩膀，屁股贴着屁股，人们手里的伞这个时候就成了麻烦。有的人着急上车，来不及甩一甩伞上的水珠，就被夹在了人群中，成了三明治。湿嗒嗒的伞不是蹭了女人的裙子，就是打湿了男人的皮鞋，还有一些滴滴答答地落在了地板上，很容易让人脚下打滑，幸而人多，打滑的脚来不及摔出去就被周围的人拱了回来。和步天一块下车的一个老人家就没那么幸运，老人家一只手拎着伞，一只手拎着一只保温桶，她和步天在人群的最后挤下了地铁。老人家下了地铁，忙着照顾手里的保温桶里的东西别洒了，没留神脚底下，一个出溜就坐在了地上，就这样，她的手都没撒开那只保温桶，硬生生一屁股坐在了地上。步天紧随其后正打算大步超过她赶去面试，一看老人家这么实实在在地一个屁股墩坐到了地上，他都替她疼。他赶紧蹲下身子扶老人家，老人家咧咧着嘴，口里直哎哟，步天看她摔得不轻，就来了个“公主抱”，把老人家抱到了不远处的椅子上。老人家坐在候车椅凳上，还是疼得直哎哟。步天问她要不要打电话让家人来接，她摇了摇头。步天看看表，面试的时间很紧了，他对老人家说，那您老在这缓一缓，我还有事，得走了。老人家点点头，可又拉住了要走的步天。她要麻烦步天把她扶出地铁站，给她打个车，她估计自己一时半会儿地走不了路，她要赶去伺候正坐月子的女儿。步天看着老人一直没撒手的保温桶，明白这是老人给女儿带的补汤。步天弯下身子，把老人背了起来，这样子他能节省一点时间，而且以老人家目前的状况，还是少走为好。等步天一通忙乎下来，老人家安全坐上了出租车，他赶去面试就迟到了。

步天至今都记得那天自己湿漉漉的跑进公司最后一个参加

了面试，老板问的什么他忘了，他只知道自己边回答边擦着脸上的水珠，那里面有雨珠也有汗珠，那天的步天，除了狼狈就只剩狼狈。就在步天和其他人都认为他不可能通过时，他被公司录取了。后来进了公司有一段时间，步天才知道他能通过面试的原因是老板那天也在地铁站，他全程目睹了步天帮助老人家的事，老板对其他同事说，现在像步天这样的年轻人难找了。

二

步天的老板张总刚四十出头，有点谢顶，张总比步天矮一些，步天低头就能看见张总努力地用几根稀疏的头发掩盖油光发亮的头皮。头发一少，人就显出老相，每天张总夹个公文包进进出出的，就像个村干部在搞外调。步天进公司一段时间后，看出来点道道，要是今天张总出门谈成了一笔生意，他回来就会笑容可掬地让秘书李姐给自己来一杯现磨咖啡，然后靠在那张宽硕的老板椅上用一把牛角梳在不多的毛发上来来回回地踱着步，偶尔梳子走狠了，带下来一两根毛发，他会仔细地用手捻起来，眯着小眼睛看老半天，看得脸蛋上的肉一抖一抖的，然后深深地叹口气，再闭着眼嘬一口咖啡。步天想，自己见过花生米下酒的，这用头发下咖啡的还是头一遭见。

公司人不多，加上张总一共五个人，步天和另外两个年轻人搞技术开发，是张总一个个面试进来的。而秘书李姐，据知情人透露是张总妻子的亲戚，专门安排进来看着张总的，怪不得这是步天见过的不多的长相蛮惊悚的女秘书。李姐长相的惊悚在于她那两个上翻的鼻孔,偶尔还有鼻毛支棱出来招摇过市，一到梅雨季，步天总担心她会不会被雨水呛到。李姐这个秘书，凡是和文字相关的她统统不做，主要是她根本不会做。她擅长的就是做杂事：复印、整理合同、打扫卫生、泡咖啡……李姐似乎不太喜欢步天，可能是她发现了步天一见到她就有点憋着劲想笑，步天也不想这样，可他管不住自己。

进公司五年，步天就设计了一些不疼不痒的小程序。在这个行当，步天没什么横空出世的才华，他就能做一些基础的按部就班的工作。公司的生意谈不上好也谈不上坏，步天从上班第一天开始就担心它有一天会倒闭，可是到今天，公司和他一样不死不活地在这个城市存在着。五年了，步天搬了四次家，几乎一年一搬，每次搬家，步天都觉得自己蜕了一层皮，穷家藏家当，步天已经把自己的各种需求放到了最低，可是每次收拾都是左一筐又一摞的，尤其是他日积月累买的那些书，折腾得他腰都要压断了。

昨天晚上，步天加完班刚进家门，手里拎的盒饭还没来得及放下，房东就打来了电话。他很抱歉地告知步天，房子要收回去，房东在老家的母亲要来住。步天不能和房东争什么，他有什么资格争呢？即使他刚刚住满一个月,才把屋子里的一切捋顺，他还得赔着笑说，好的好的。房东给了他一周的时间，并按合同多补偿了他一个月的房租，房东也算仁至义尽。挂了电话，步天连饭盒都没心思打开，一头栽倒在床上望着天花板发愣。

步天是从一个三线小城考到这个一线城市的，刚上大学那会儿，这里的房价还没高得这么离谱，可是步天和他的父母被三线城市裹挟的脑袋怎么可能未卜先知地在这里买房子。从步天大二的时候起，这个城市的房价就是一天一个价，及至他毕业，他连租房都有点费劲。步天曾经动摇过，想回家乡去，可他想到父母已经分道扬镳时，立刻打消了这样的念头。

发了半天愣，步天爬起来，用微波炉把盒饭打热，他一边吃饭一边上网找房。步天现在住的即将被收回的房子，他还是满意的，除了离地铁站稍远点，其他都很便利，房价也合适。现在再想找一套这样的房子，就没那么容易了。步天的饭吃完了，也没翻到一个合适的房源。没办法，他开始翻通讯录找亲近的同学、朋友、同事帮忙。凡是他能打扰到的熟人，他都发了信息询问，得到的回答都差不多：有合适的就给你回信。步天本来就是抱着有枣没枣打一竿子再说的想法，这个答案并没有超出他的心理期许。

晚上，步天失眠了。他不知道自己七天后的床在什么地方。

三

第二天步天起迟了，他抹了一把脸就出了门。到了楼下，外面依旧在下雨，步天忘了拿伞，看着雨不大，步天将公文包顶在脑袋上就朝地铁站狂奔。总算赶上了平时自己坐的那班地铁，可上去没多久步天的胃就开始闹情绪，他的胃从小就这么恣扭，稍不注意就抽着疼。今天他空着胃跑了半天，再加上淋了雨，胃不疼才怪。步天的包里常年备着面包，可是公共场合，尤其在地铁上，步天就是多难受也忍着不吃东西，他觉得不雅观，这也是他从小受到的教育。

步天小时候有一次和母亲坐公交车，坐车的人不多，小城市的公交车通常都很松动，不像这里，哪哪都是人，赶上下班高峰，步天有时候觉得自己的怀里都抱着人，碰巧有人大早上的就吃的韭菜馅包子之类的，步天恨不能头把地铁顶子捅个洞伸出去透透气，那味实在是比早年的旱厕还呛人。那天，在上车前，步天的母亲给他买了一笼小笼包，步天还小，和母亲并排坐在座位上的他对母亲说饿了，他的意思就是想吃小笼包。可是母亲捏紧了袋子说，马上就到家了，在车上吃东西影响别人，不文明。步天看着母亲严肃的脸，知道他不可能在车上吃到包子。过了一站，上来了两个姐姐，她们坐在和步天并排的另一边，中间隔着过道。两个姐姐刚坐定就打开了手里的袋子，真巧，她们也买了小笼包。她们一个打开装包子的袋子，另一个竟然打开了一个盛着醋和辣椒的袋子，就这样，她们你一口我一口的蘸着醋吃得很香。步天看看母亲，看看她们，心里有点羡慕但又觉得什么地方让他不舒服。他太小了，还说不上来哪里看着不得劲。就在她们吃得起劲的时候，司机师傅突然一个急刹车，步天听到了一句刺耳的责骂："我靠，咋开车的！"这是步天第一次从女孩子嘴里听到这句话。再看这两个姐姐，包子撒了几个出来，那袋用来蘸的醋和辣子洒了她们一身，还有座位上、地上都是。更不堪的一幕出现了，被醋水洒了一身和满手的姐姐们，张开手在前排座位的布套上擦起了手，塑料袋被随手扔在过道里。步天拽拽母亲的袖子，他想让母亲看怎么会有这么没礼貌的姐姐。步天没想到的是，看到这一幕的母亲狠狠地教育了她们一番，虽然步天看她们有点儿不服气，可是她们还是在下一站到站的时候快速地下了车逃之夭夭。她们下车后，母亲用餐巾纸擦了座位和地上的醋汁子，把地上掉的东西一并捡到垃圾桶。母亲带着他下车时，司机师傅对母亲投来赞许的目光，嘴里喊了一声："谢谢啊，大姐。"

所以无论步天的胃多么难受，他也不会在地铁上吃东西。就在他按着胃、蹙着眉头想房子的事的时候，短信响了，步天按开指纹锁，手机里弹出来一条信息，是房东发来的："小步，我朋友有一处阁楼要出租，和你现在住的条件差不多，价格比我的房还低点，你要是愿意下了班可以去看看。"看完信息，步天的胃一下子好了，他的眉头也舒展了，步天想起来姥姥常说的那句话：老天爷饿不死瞎家雀。步天赶紧回复了房东"好的好的"和很多个谢谢加笑脸。

房看得很顺利，步天觉得虽然是阁楼，可比现在住的条件还好些，面积宽敞了，里面的设施齐全也都是新配置的。房东的朋友说，本来给儿子回国准备的过渡房，可儿子的公司突然决定让儿子再干两年回国，这房子空着也是空着，不如出租了。正好步天的房东去朋友家玩，就给朋友推荐了步天，在房东眼里，步天是个可靠的老实孩子。步天才住了一个月，就把之前房客遗留的各种小问题都收拾妥当了,比如橱柜掉了的螺丝啊，有点堵的水龙头啊，开缝的窗帘盒啊，还有日积月累的马桶上的水垢……要不是老母亲要来，房东还真有点儿舍不得步天。

就这样，房东眼里憨厚的步天搬进了新家。

四

新家挺好，很舒适。可是步天睡不踏实，他老做梦，梦境像真的一样，搞得他每次睡一觉起来比不睡还疲劳，脑袋也整日昏沉沉的拎不清。步天对面的阁楼，不知道租给了什么人，到了晚上就放一些让人头皮发紧的音乐，阁楼的隔音不好，音乐声一丝不落地通过步天的耳朵进了他的大脑。步天想，这大概就是自己睡不踏实的原因吧。坚持了几天后，他不得不找他的邻居谈一谈了。

开门的是个年轻的女孩，戴着厚厚的镜片，随意扎了个马尾，穿一身天蓝色的两道杠运动服，女孩的身体有些微胖，运动服很贴身地裹紧了她，女孩的样子让步天觉得她像是从韩剧里走出来的主人公。步天还没开口，女孩先说话了："有事吗？邻居。"

步天惊讶了："你知道我住在对面吗？"

"当然。你搬家那天我隔着猫眼看见了。"女孩龇了龇牙，露出点小得意，"再说了，不知道你是谁，我能给你开门吗？"

倒也是。现在单身女孩的防范意识都很强。步天心里这么想着，口里简单给女孩说明了来意，女孩听了，眨巴着她那双无辜的小眼睛，说："你能确定你睡不好是我的音乐影响的吗？当然，可能我的音乐声有点大，以后我会调小点或者戴上耳机。不过，我觉得你睡不好和我的音乐没关系，我听了就没事。"

"可能你是听习惯了。"步天说。

"那你也会习惯的啊。"女孩又眨了眨她的小眼睛，这次透着些许调皮。

步天觉得自己的心被什么扎中了，他没再多说什么，道了声"谢谢理解"，转身回了家。

步天回了家，在一个个箱子里翻找起来，本来这些暂时用不到的东西，步天就打算让它们一直躺在箱子里，省得每次搬家都要不停地打包。终于在一个纸箱里，步天找到了那本高中毕业留言册，包在外面的那层牛皮纸边角已经破了很多。步天翻开册子，他一下子就翻到了自己想看的那页，那一页夹着一个书签，最初发着金色光芒的书签，现在也不那么亮堂了，有的地方像生了些锈，黑乎乎的。书签的右侧贴着一张一寸照片，整齐的刘海，一双明亮的眼睛清澈温暖，女孩上扬的嘴角透着些可爱。那一年步天18岁，即将参加高考，离别在即，班委给每人发了一本纪念册，册子在班里转了一圈，几乎每个同学都会留下几句依依惜别的话，并在留言的旁边贴一张一寸照片，也有那豪气的，只把自己的照片洗得大大的贴满一页，旁边潇洒地留下签名，好像哪个大明星留下的痕迹。

刚刚女邻居冲步天调皮地眨眼睛的时候，步天的心事又被重新翻起，纪念册里的女孩叫吴晓，步天高中三年的“同桌的你”，也是他唯一喜欢过的女孩，步天觉得吴晓应该也喜欢自己，但他们当时都很懂事，知道要以学业为重，这份喜欢便放在心里。那会儿高考前都会提前放10天假，让学生回家复习，10天，并不是用来提高成绩，谁是什么样的成绩基本都定型了，这10天给学生是为了让他们调整心态，整理好身体，以最好的状态迎接高考。放假的前一天，吴晓买了一根冰糕给步天，两人在篮球场边吃边聊着，吴晓问正专注地吃着冰糕的步天想考到哪个城市，步天听了一愣，这他还真没想过，他父母倒是提过几次北京，步天的心态是只要能考上大学，去哪都行。于是步天舔了下冰糕化了的地方，一脸无所谓地对吴晓说：“只要能考上哪都行啊。”吴晓没接步天的话，转着手里的冰糕，有心事一样，好一会儿，步天才感觉到吴晓的沉默，他看着吴晓有点儿忧郁的脸问：“你想考哪啊？”吴晓咬了一口冰糕，认真又带点严肃地说：“我想考到南方去，我喜欢那种潮润的温柔的感觉，不像北方这么粗犷干燥，风都能拉人的脸。你也考南方的学校吧，我们还可以像现在一样一起上学，一起回家。那样就永远也不会分开了……”

步天当时听吴晓说那句“永远也不会分开”时，觉得女孩子就是多愁善感，考试还八字没一撇呢就想什么分开不分开的事，可步天看吴晓回答得那么认真，心扑通扑通跳得急剧起来，他立着两道剑眉，真诚地看着吴晓，大声道：“放心吧，我一定好好考，你去哪儿我就去哪儿……”假期 10 天，步天真的把自己关在家里狠狠地复习了 10 天，步天父母都是老师，他们相信临阵磨枪，不快也光，更何况步天平时的底子也不差。步天的父母从来不认为考前应该放松心情，他们凭自己多年的教学经验，认为高考前考生还是要保持平时的紧张与节奏，不能一下子就松劲，太松弛了未必能出好成绩。他们时刻关注着步天的身体，确保他能以最好的状态上考场。

高考的考场很多，步天和他的同学也分散在各个考场，考了 3 天试，他几乎没碰到什么同学，他全程由父亲接送，母亲负责饮食，考试的紧张让他无暇想起吴晓，他知道她现在和自己一样在另一个考场为了未来而拼搏就够了。第三天的上午考完最后一门，他没有让父亲来接他，他要回学校去找同学，他想吴晓一定也会回去的。在学校，步天没有见到吴晓，他见到了班主任，班主任看到他笑着问他考得怎么样？步天一脸轻松地答：“正常发挥吧。”班主任拍拍他的肩膀，说：“小伙子，表现不错。”步天又问老师：“吴晓来学校没？”班主任听了步天的问话，脸上一下子凝成了霜，他低下头，双手揣进兜里又掏出来，两只手扶着步天的肩膀说：“吴晓在高考前出车祸去世了。”步天现在都记得当时他一把就推飞了班主任，把他推了几个趔趄才站稳，他冲班主任吼道：“你乱讲什么！”

班主任没有生气，他安抚着步天去操场边坐下，他知道步天和吴晓做了三年的同桌，感情一定比别的同学深。班主任安慰着步天，步天垂着头，眼泪吧嗒吧嗒地掉到地上，七月的操场又干又烫，步天的眼泪掉下去就不见了踪影，步天好像看到了无数个吴晓落到了地上，又瞬间消失不见……班主任告诉步天，离高考还有三天，吴晓被她的闺蜜、班里的学习委员叫出去复习，学习委员其实有点儿考前恐惧症，找吴晓复习只是借口，她其实是喊吴晓出去散心解压，傍晚的时候，她们骑自行车解压，一个路过的卡车司机，转弯的时候开得太快，卡车的后挂车把吴晓的自行车挂倒了，吴晓被卷进了后车轮，因为伤势太重没抢救过来。喊她复习的学习委员受到了刺激，也未能参加高考，她觉得是自己害了吴晓，到现在还没恢复……

这些事，过去了将近 10 年，步天以为自己已经都放下了，可今天女邻居的一个眼神让他的防线全面坍塌了。当年，高考成绩出来，步天毫不犹豫地填了这座南方城市的学校，对父母给他选择的北京的学校充耳不闻。他的父母并不知道步天的心思，步天的选择不只是为了自己，他更是在圆吴晓的梦，去南方，是吴晓未完的心愿，为吴晓了却心愿，完成他们的约定，是步天的责任。现在他的父母已经各自又有了家庭，天各一方，将是他们一家的常规模式。

窗外，霓虹耀眼，步天打开窗，感受着吴晓曾经向往的湿润温柔，步天想那时的吴晓一定想象不到南方的城市里除了有带着湿润的温柔，还有加不完的班、挤死人的地铁、吓死人的房价……而此刻，抛开白天的奔波疲惫，大都市的夜色是这么的奔放迷人，步天看着眼前密密麻麻的万家灯火，仿佛小时候的满天繁星，只是不知属于吴晓的是哪一颗？步天沉浸在往事的追忆中时，耳边又隐隐地传来那种阴森森的让人脊背发凉的音乐，看来上次沟通后，女邻居把音乐声是调小了的，步天打开窗也才些微地听到了声响，可是这声音只要你捕捉到了，就会自发地无限放大，脑袋里的每一根神经都调动起了想象力，眼前的璀璨灯火，在一瞬间变成了时空隧道，通向了遥远的未知……

五

步天依旧睡眠很差。他没办法放下隔壁女孩的音乐，他看电影、听音乐试图掩盖住隔壁的音乐，可是，不管他怎么折腾，女孩的音乐像长在了他的身体里，挥之不去。

咚咚咚，步天家的门被敲得很响亮。步天从沙发上弹起来去开门，门外站着愠怒的女邻居。步天慌忙问她："怎么了？"

"怎么了？你说怎么了？你看电影的声音能不能小一点？就是家庭影院也不能这么大声啊！我之前是吵到了你，可我已经改了啊，我现在都戴着耳机听音乐创作，可是你的声音一天比一天大，吵得我没法工作，没法工作我就没法按时交活儿，不能按时交活儿，我就拿不到钱，拿不到钱我就没钱吃饭、还房贷……"

噼里啪啦，噼里啪啦，步天只看见女孩的两片嘴皮上下翻动，他的脑子在迅速地搜寻自己平时的响动有她说的那么玄乎吗？终于，女孩的嘴休息了，步天看她说得过于激动，脑门上有一些碎头发都奓了起来，鼻尖上也微微冒汗，他本来还想辩解几句的，她的样子让步天放弃了抵抗，他想起了自己的父母，他们分开的最主要原因就是他的父亲总是揪着他的母亲讲道理，在家和女人讲道理，步天觉得是父亲犯的最愚蠢的错误。他把从嘴里即将要冲锋陷阵去辩解的话语变成了向女孩道歉的话，顺便卖了点色相，露出两排雪白的牙齿，俊朗地笑着。女孩经过刚才嘁哩咔嚓的一通数落后，大概火气过去了，她低下嗓门问笑得脸都要开花儿的步天："你干嘛把声音放那么大，耳朵不好吗？"步天听了，委屈地挠挠头，说："可能是耳朵太好了，你刚才说你现在戴着耳机听音乐，可是我每晚回来都能听到你的音乐声，清清楚楚的，听了吧，我就睡不着，我搬来这些天，基本上没睡过一个好觉。"

女孩盯着步天的脸，大概觉得步天不像是开玩笑，问他：“我能进去看看吗？”

“当然，请进。”步天立刻闪开了身子，把女孩让进屋里。

女孩进来后，手插在兜里，眼睛在房间的各处游走，步天跟在她身后，感觉她像是来突袭检查的女房东。

“你收拾得挺利索啊。”女孩儿看着，嘴里顺便给步天撂了一句表扬。

“凑合吧，主要是因为新装修的吧。”步天谦虚地回她。

“哎，你也爱吃‘关东煮’啊。”女孩饶有兴趣地停在了步天的茶几跟前，上面放着步天吃了一半的“关东煮”。

“还行，能填饱肚子就行。”步天的回答应该是单身打工汉的标准答案。

女孩没再说话，她站在阳台的横梁下，抬起头，仔细地看着。步天也跟着她仰起头来看着。

“你看见横梁包的那个长方形盒子没？”

“看见了。”

“那里面包的是一根管子，这根管子和我们家是通的。你们的装修工包管子的时候肯定包的隔音棉不够，所以声音很容易传过来。”女孩一脸笃定地说，她也为自己找出了问题的原因而得意地咧着嘴。

“管子？和你们家通着？这里设计一根管子干什么？你确定是管子？”步天对女孩的发现全是质疑。

女孩对步天的质疑有点无奈，转脸儿对步天说：“来，你跟我去我家看看就知道是不是了。”

步天随女孩进了对门，这个户型和步天住的一样，但这里几乎还像个毛坯房，步天仔细观察后，发现屋里的装修是走的工业风，所以乍一眼看去就很像毛坯房。客厅里没有沙发、茶几这些个普通家庭里的物件，客厅的四壁打的都是架子、隔断，上面全是书和各种像是从世界各地淘换来的玩意，还有一张硕大无比的工作台，上面放了电脑、音响、唱片机，一瓶开着的红酒，一个堆了烟头的烟灰缸。女孩的电脑正开着，步天瞄了一眼，是一篇正在完成的文章，女孩八成是个网络写手。

“你看我家这里。”步天的眼睛跟着女孩手指的方向看去，在同样的位置，也被包了起来，不过不像他那边包成方方正正的木头盒子，这里肉眼可见缠得密密匝匝的隔音棉，隔音棉的外面做了些简单的装饰，这样子就让黑色的隔音棉看起来没那么丑。不过一般人也不会整天仰着脖子看那个地方。

“真的通了一根管子啊。这玩意儿是干什么用的呢？完全没必要啊。”步天盯着管子嘟嘟囔囔的。

“我来看房的时候，售楼员说开发商本来要从那里走网线什么的，后来又改了线路，拆了也麻烦就留下了。”女孩算是解答了步天的疑惑。

步天听女孩说什么看房、售楼员，明白了这是女孩自己买的房子，他看女孩比自己还小一些就已经买得起房子，心里不由五味杂陈。他看着那张大得没边的工作台和满房子的书问女孩：“你是作家吗？”

“嗯，算是吧，网络写手。我听音乐就是为了营造写作的氛围啊，我看你家里也挺多书的，你也是？”

“不不不，我不是。我在一个小公司当程序员，没你厉害，都自己买房了。”

“哪有啊，这阁楼当时不贵，我爸妈掏了一大半钱，他们说反正我也不愿回老家去，就提前把我的嫁妆钱给我花上，他们主要是担心我没钱交房租流落街头，给我买个小房，混得再差也不至于露宿街头。房贷可一直是我自己还的呢。”女孩似乎和步天并不见外，大概她也看出来步天比较实在，从那个特殊的庚子年过来，全国人民都对“远亲不如近邻”这句话达成了共识。

六

在女孩的提醒下，步天联系了房东，讲了一下情况。房东倒是很客气，他在电话里安抚步天说：“小天，你不要怕，房子装修还在保质期，我给装修公司打电话让他们来整改，很快的，你很快就能休息好的。”

果然，隔了一周后的周末，来了几个人，嘁哩咔嚓把横梁上的盒子拆下来，给里面的那根管子缠上了密实的隔音棉。原来装修工认为这是根废管子，只要用木板包起来不影响美观就行了，根本没像卫生间的管道那样缠隔音棉，他们大概没想到管子除了能传递上下水的声音，也能传递音乐的响动。

那以后，步天就很少能听到对门的响动了。但那音乐在夜深人静的时候，还是会隐隐地传到步天的耳朵里，步天想大概不是耳朵听到的，是他的心里存下的。慢慢地，他像女孩说的也习惯了，晚上他又能睡得踏实了，只是会时不时地梦到吴晓。

再翻过年的春节，步天好不容易回了趟老家过年，可是这一去就被困在了老家，他是出不了北方回不去南方，天天干着急。就在快熬出头的时候，微信上老板的头像亮了几下，步天点开一看，老板通知他公司关张了，回来后步天就得另谋出路。步天看了老板的信息后，心反而不急了，从进公司就以为它会倒闭，五六年过去了，在最需要它的时候失去了它，这或许才是人生吧，步天想。

“邻居，你不回来了吗？”微信又闪了一下，步天看是隔壁女孩发来的。

“回啊，失业青年即将回城。”步天顺手加了个苦笑回过去。

“怎么？你们公司也关门了啊，我有几个朋友也失业了呢。没事，没事，大不了从头再来嘛。”女孩给他发了几个加油的手势。

步天回了几个笑脸，紧跟着又给女孩发了一条：“我这次回来学了一个行酒令，我堂弟他们知道我住的是阁楼，特意教给我的，起头的那句是‘阁楼上，摆酒宴，兄弟们喝酒打战战’……”

“好玩儿，等你回来，我就在阁楼给你摆酒宴接风，打战战，哈哈哈……”